# 碎琉璃

王鼎鈞著

爾雅出版社印行

碎琉璃
一箇生命的橫切面
百萬靈魂的取樣
獻給　先母在天之靈
以及同樣具有愛心的人

# 當時，我是這樣想的

## ——代序

王鼎鈞

琉璃是佛教神話裡的一種寶石，它當然是不碎的。

人不可能擁有眞正的琉璃，於是設法用礦石燒製，於是有晶瑩輝煌的琉璃瓦。

琉璃瓦離「琉璃」很遠，「琉璃燈」離琉璃更遠，裝在琉璃燈上的罩子原是幾片有色玻璃。

至於「琉璃河」，日夜流去的都是尋常淡水，那就離「琉璃」更遠了。

生活，我本來以爲是琉璃，其實是琉璃瓦。

生活，我本來以爲是琉璃瓦，其實是玻璃。
生活，我本來以爲是玻璃，其實是一河閃爍的波光。
生活，我終於發覺它是琉璃，是碎了的琉璃。

●

「一切作品都是作家的自傳」？
是的，如果把「自傳」一詞的意義向遠處引申。
我那位長於創作童話故事的朋友說，他正在描述他家的一隻鷄怎樣變成一位天使。爲甚麼要寫這樣一個故事？他說，他年少時曾經親手殺死一隻鷄，深深感到死的恐怖和殺生的殘忍。這種感覺一直壓迫他。他需要來一次「超渡」。
作品的題材來自作者的生活經驗，作品的主旨來自作者的思想觀念，作品的風格來自作者的氣質修養。所謂「一切作品都是作家的自傳」，大致如此。
在福爾摩斯眼中，一個人的烟斗呢帽都是他的傳記。
在相士眼中，一個人的皺紋可以是那個人的傳記。

●

當我以寫作爲贍家的手藝時，我相信形式可以決定內容，也就是說，爲了寫一齣戲，必須使內容恰好填滿戲劇結構。

當我爲自己而寫作時，我相信「內容決定形式」。生活，有時候恰是小說，我就寫成一篇小說，如果存心寫成散文，就得從其中抽掉一些。生活，有時候恰是散文，我就寫成一篇散文，如果存心寫成小說，就得另外增添一些。

生活，尤其是現代生活，必須依循種種程式、框架、條款、步驟，絕不能違抗，甚至不能遲疑。例如開車，好像是自己當家作主，其實在左轉彎的時候你的方向盤必須往左打，必須照規定換檔減速變換燈光，否則，當心！

我們在整天、整週、整月做「現代社會」這個大機器的一部份之後，何必再做戲劇結構的一部份呢，何必再做小說形式的一部份呢。

在寫〈碎琉璃〉的時候我是這麼想的。

●

生活是飲酒，創作是藝術的微醒。

閱讀是飲酒。當讀者醉時，創作者已經醒了。

當讀者醒時，作品就死了。

●

據說，如果人造速度能超過光速，人可以追上歷史。如果我們坐在超光速的太空船裡，我們可以看見盧溝橋的硝烟，甲午之戰的沉船，看見馮子才在諒山一馬當先。

在超光速的旅程中將設有若干觀察站，讓我們停下來看赤壁之戰，看明皇夜宴，看宋祖寢宮的斧聲燭影。

歷歷呈現，滔滔流逝，無沾無礙，似悲似喜。啊，但願我能寫出這樣的作品來！當我寫〈碎琉璃〉時，我是這樣想的。

●

那年，海邊看山。海可以很大，很大，大到「乾坤日夜浮」，也可以很小，小到只是一座山的浴盆。

早晨，那山出浴，帶著淋漓的熱氣，坐在浴盆旁小憩，彷彿小坐片刻之後要起身披衣他去。

我看見它深呼吸。我想它心裡有許多秘密，可惜不能剖開。即使剖開也無用，眞正的秘密不是把肉身斬成八塊能找出來的。

我尋找它的額。不知它在想甚麼。誰能發明一種儀器，把一種能投射過去，把一種波折射回來，變成點線符號，誰能解讀這符號，醫治人的庸俗。

那時候，我是這樣想的。

●

〈碎琉璃〉出版後，讀友陳啓新先生寫了如下幾句話給我：

琉璃淚
吳剛枉伐月中桂
琉璃墜
一天彗星陳摶睡
琉璃碎
傷心只是琉璃脆

看來他仔細讀過我的這本小書，我的含意他似乎懂、似乎沒懂。
我仔細讀他寄來的詩句，他的意思我似乎不懂、又似乎懂得。
讀者和作者的最佳關係，也許就在這似懂非懂之際、別有會心之時。

一九八九年三月補記

# 九歌版原序

蔡文甫

從民國六十四年到六十六年，鼎鈞兄「每年一書」，陸續完成「人生三書」，得到廣大讀者的敬愛。三年來，頗有人勸他「打鐵趁熱」，整理家中存稿多出幾本集子，他不肯；他以更謹嚴更勤奮的態度創作更好的作品。他費了十五個月的時間寫他一系列自傳式的散文，在「九歌」的催促下出版了這本「碎琉璃」。

「碎琉璃」書名的涵義，作者在本書第四篇「一方陽光」裡有間接的解說，它代表一個美麗的業已破碎了的世界。作者從那個世界脫出，失去一切，無可追尋，而今那一切成爲一個文學家創作的泉源。他用「瞳孔裡的古城」一篇表現故鄉，「一方陽光」表現他的家庭，「迷眼流金」表現他少年時期的心態，「紅頭繩兒」表現初戀，「看兵」、「青紗帳」、「敵人的朋友」、「帶走盈耳的耳語」一連四篇表現他在抗戰敵後參加游擊隊的見聞，「哭屋」描述他在私塾裡讀書的感受。以下還有多篇短構，表現他在愛情（也許不只是愛情）方面的挫折與執著。在這本書裡面，他抒情敍事訴諸感性，飄渺如雲，香冽如酒，與「人生三書」之理性明晰迥然不同。「人生三書」出齊後，他聲言不再以同樣的手法、同樣的內容寫作，顯然不甘以三書自限，決心繼續突破躍昇。在「碎琉璃」裡面，他辦到了！

「碎琉璃」最大的特點是以懷舊的口吻，敲時代的鐘鼓，每篇文章具有雙重的甚至多重的效果。他把「個人」放在「時代」觀點下使其小中見大，更把「往日」投入現代感中浸潤，使其「舊命維新」。這些散文既然脫出了身邊瑣事的窠臼，遂顯得風神出類，涵蓋範圍和共鳴基礎也隨之擴大，不僅是一人一家的得失，更關乎一路一代的悲歡。我相信在鼎鈞兄已有的創作裡面，「碎琉璃」是眞正的文學作品；他如果有志於名山事業，「碎琉璃」是能夠傳下去的一本。對於可敬可愛的讀者來說，這本書需要用文學的心靈來接受、來品鑑。世事滄桑，文心千古，琉璃易碎，藝事不朽，敢以此旨遍告知音，敢以此志與鼎鈞兄共勉。

# 碎琉璃 目錄

楔子

# 所謂我

我喜歡聽別人講述我童年時期的故事，猶如喜歡有人替我照相。

**我要找尋我自己**。

這天，我遇見一個人，他對我從前怎樣用自己的小便和泥捏製大公鷄一類的事非常熟悉，所以，他一開口，我就全神貫注。他說——

我小時候喜歡種花，只喜歡一種特別嬌艷的玫瑰，花瓣大得像巴掌，在微風裏張張合合比旁邊的蝴蝶還誘人。這種花極難侍候，她含苞的那幾天，如果暴雨傾在她頭上，她決不開花；如果狂風粗暴的搖撼她，她決不開花；如果蜜蜂太多，她決不開花；如果一隻蜜蜂沒有，她也不開花。還有，你不能讓蟲子咬她，只要一片花瓣上出現破洞，所有的花瓣都放棄成長。這種花教人好不操心，人人都說寧願多養一個孩子，也不種這樣的玫瑰。可是我喜歡種，我爲她憂晴憂雨，搬一張櫈子整夜坐在她旁邊驅蟲，哭著要爸爸爲她造一間玻璃棚，晴天把棚頂揭開，陰天蓋好。

有一天，空襲警報響起來了，那是盧溝橋事變發生後第二百零一天，家鄉人一面渲染遠方城鎮被炸的災情，一面天天計算敵人的飛機什麼時候來，算到這一天，果然來了。全城的人瘋狂的往野外逃，只有我，坐在小櫈上，憂愁的望著那玫瑰。一架雙翼的偵察機在頭頂上盤旋，螺旋槳轉動的聲音粗厲的咒詛這個小城，整個小城暫時死去，可是那玫瑰活着，在那懾人心魂的噪音刺激之下，它的花蕾迅速膨脹了一倍。飛機轉一個彎，突然降低，地面上捲起一陣風，一時間天昏地動，好像世界末日已至，可是那花，却在偵察機巨大的陰影掠過時一口氣怒放盛開。這一切，我看得清清楚楚。

我當時十分驚慌，連空襲的恐怖也忘記了。不過，這並非完全由於驚慌，我同時感到興奮欣喜。我本來就喜歡這花，現在花瓣像海浪一樣湧起，的確是人間難得的奇景。我呆呆的坐在那裏，竟不知警報解除，也沒看見由野外歸來的家人。母親見我失魂落魄的樣子，斷定我受了過度的驚嚇，請牧師來爲我祈禱。我向牧師絮絮陳述那花怎樣在半分鐘間做完了兩星期要做的事，聲音興奮得發抖。牧師注視我的眼睛，低沉而緩慢的說：「信主的人不說謊，說謊的人是魔鬼的朋友。」

我這個小小的花壇本來在地方上有點虛名，現在，我成了新聞人物，親戚和鄰居都來看我的花，議論我的話是否可信。每一個人都說：「那是不可能的，這孩子說謊。」

這人以非常權威的口吻敍述著，然後，好奇心像脫網的魚衝出來：「告訴我，你到底有沒有說謊？你眞的看見那花在幾秒鐘內全開？」

我非常失望，怏怏的說：

「你說的這件事，跟我毫無關係。你根本不知道我是誰。你在說另外一個人。」

23

# 瞳孔裡的古城

我並沒有失去我的故鄉。當年離家時，我把那塊根生土長的地方藏在瞳孔裏，走到天涯，帶到天涯。只要一寸土，只要找到一寸乾淨土，我就可以把故鄉擺在上面，仔細看，看每一道摺皺，每一個孔竅，看上面的銹痕和光澤。

故鄉是一座小城，建築在一片平原沃野間隆起的高地上。我看見水面露出的龜背，會想起它；我看見博物館裏陳列在天鵝絨上的皇冠，會想起它，想起那樣寬厚、那樣方整的城牆。祖先們從地上掘起黃土，用心堆砌，他們一定用了建築河堤的方法。城牆比河堤更高，把八百戶人家嚴密的裏藏在裏面；從外面仰望，看不見一角樓垛，看不見一根樹梢，只看見一個長方形的盒子，在陽光下金色燦爛。牛車用鑲鐵的輪子壓出筆直的轍痕，由城門延伸，延伸到遠方。後面的車輛從前面留下的轍痕上輾過，一輛又一輛，愈壓愈重，轍痕愈明亮，經過千錘百鍊，閃着鋼鐵般的冷光。雨後在水銀燈下泛光的鐵軌，常使我聯想到那景象。

對這個矩形的圖案，我是多麼熟悉啊！春天，學校辦理遠足，從一片翻滾的麥浪上看它的南面，把它想像成一艘巨艦。夏天，從外婆家回來，繞過一座屏風似的小山看它的東面，它像一座世外桃源。秋天，我到西村去借書，穿過蕭蕭的桃林、柳林，回頭看它，像讀一首詩。冬天，雪滿城頭，城內各處炊烟裊裊，這古老的城鎮，多麼像一個在廢墟中剛剛甦醒的靈魂。

這就是我的故鄉。

**故鄉是一個人童年的搖籃，壯年的撲滿，晚年的古玩。……**

據說，我的祖先，從很遠的地方遷移來此。

據說，祖先們本來住在低窪近水的地方，那很遠的地方盛產又甜又大的桃子，種桃是每個家庭的副業。桃園在結成果實以前，滿樹滿林都是美麗的花，而有桃林的地方總離不開綠波碧草。那是圖畫一般的世界。

那究竟是什麼地方？誰也說不出來。傳說總是像神龍怪獸，從雲裏霧裏伸出頭來，教人難以相信。但是，這是惟一的說法，你又不得不信。

據說，這個豐足安樂的家族，差一點兒全體滅頂。那時，他們家家正在桃林裏摘桃子，人人仰臉向樹，在明亮的天光下，溫柔的春風裏，人面和成熟的桃子一樣紅潤。又是一季好收成，多少幸福多少夢。

不知怎麼，他們的鞋子溼了。

不知怎麼，有些人的脚踝浸在水裏了。這些人停止了摘桃時常唱的民歌，登上樹枝，研究從那兒來的水。

來歷不明的水，陰險的流着，一寸一寸侵占過來。樹林裏的人聽見一片翅膀撲擊的聲音，一片帶着驚恐的鷄聲，知道家中也浸了水，想趕快回家看看。可是水的來勢那麼快，一隻黃狗從村中竄出來，游入桃林，望着樹上的主人狂吠。樹上的人這才看見，水面上漂漂盪盪的，都是浮着的桃子。

這一場突如其來的災變，弄得大家喪失了思考的能力。有一個人，大概是祖先裏面最果敢的人物吧，他高喊一聲「快逃命啊！」跳下樹來，衝出桃林，向林外乾燥的地方奔去。那隻黃狗緊跟在他後面；到了林外，又竄到他的前面。

其他的人，不知道是從催眠中醒過來，還是本來清醒現在被催眠了，一齊奔出林外。那狗跑在前面，不時回過頭來看他們，他們就緊緊跟着那狗。

這些人展開了一陣絕望的奔逃，那是他們自己難以想像、後世子孫也難以想像的飛奔，他們向前一步，水在後面跟上一步，水流緩緩上漲，像吐信的蛇舐他們的脚跟。天聾地啞，只有那隻黃狗不時回頭看他們，等待他們。

也不知逃了多久，黃狗停下來了，疲乏不堪的人們東倒西歪坐在地上，張著口喘氣。可是他們「啊」了一聲，又跳起來，他們回頭看見自己經過的地方濁流滾滾，無涯無際，他們的桃子，他們的桌椅，他們的牛羊，他們的屋頂，不斷從眼底流過去。有些人放聲大哭。

可是人人感激那隻黃狗，如果沒有這隻狗幫忙，他們慌不擇路，多半要受桃林外複雜地形的困制，躲不過這場刼難。天不絕人，人也不要自絕。想到這裏，人人又抖擻精神，把舊家園拋在腦後，邁開沉重的脚步，踢起一片黃塵。

從那時起，這個家族不殺狗，不吃狗肉，不鋪狗皮。

在那座小城裏面，靠近南牆的一隅，有我的第一母校，一所完全小學。校址本是一座大廟，由族人中的維新之士出面拆毀，改建教室。當我入學之初，廟宇還賸下一座大殿，殿裏端坐著一尊戴紗帽穿素袍的偶像，滿臉和善滿足的表情。那時候，倘若學生犯了過失，老師就命令犯過的人向神像行一鞠躬禮，以示「薄懲」。後來，這最後一座偶像也拆除了，……我還記得它被人們拉下寶座，倒在地上，它的紗帽破碎，胸膛裂開，但是臉上的表情依然很和善，很滿足。……不久，大殿改爲禮堂，紀念週和畢業典禮都在裏面舉行。

一年一度的畢業典禮是地方上的大事，老族長親自來看新生的一代，銀髮飄擺，滿座肅然。典禮完畢以後，有一個固定的節目是老族長帶着畢業生由東走到西，由南走到北，在每個有故事的地方停下來，述說先人的嘉言懿行。「天降洪水」的傳說，就是從他老人家那裏聽來的。

我小學畢業的那一年，老族長已經相當衰老，在左右有人攙扶之下，步履艱難。典禮進行中，他瞇着昏暗的眼睛看我們，看得好仔細、好費力。典禮後，校長勸他回家休息，他堅持那一年一度的「畢業旅行」，他說，他要讓這些卽將長大成人並且可能離鄉背井的孩子，對自己的「根」有清楚深刻的記憶。他一息尚存，必定親臨。他叮嚀校長：卽使他一病不起，這個節目仍然要由活着的人年年舉行，不可簡兌。

校長只好派人去找一頂轎子。那時候，除了新娘以外，已經沒有人坐轎子了，不過，坐過轎子的人還存有淘汰下來的舊轎。我記得，校長找到一頂灰色的轎子，由四個人抬着走，比新娘乘坐的花轎要小巧一些。我們跟在轎子後面出發，望着起伏跳動的轎頂蜿蜒而行。

坦白的說，我們那時都沒有多少歷史感，我們愛東張西望，愛交頭接耳，愛擰別人的耳朵，愛走出隊伍去無緣無故猛敲人家的大門。老族長的聲音喑啞微弱，他的精神已經不能貫注我們全體，所以我們是散漫的，不經心的。老族長說些什麼，我大半沒有聽，不過有一件事我永遠不忘記，他帶我們去看祖先挖成的第一口井。

好久好久以前，祖先們以刼後餘身，漂流曠野，尋找一塊合適的地方安身立命，也不知走了多少年、多少里，也不知流了多少汗、多少淚，終於來到這塊高地。族人裏面一個心思細密的人說：「這裡地勢高爽，永遠不會鬧水災，我們就在這裏安家吧！」

遠看這個小小的丘陵，的確像是萬年不壞的座基。登上丘陵四望，一片金色沃土，不啻天賜的糧倉。丘陵並不太高，而且頂端平坦，天造地設是個蓋房子生兒養女的地方。大家都很滿意。

「我們先挖一口井，看看能不能挖出水來，如果有水，那就是天意。」

破土之前，他們焚香叩拜，有一個簡單的宗教儀式。破土之後，大家看着井口一寸一寸深下去，看着土從井裏面一團一團提上來，漸漸的，提上來的土變了顏色，漸漸的，提上來的土有了水分。

開井的人全身溼淋淋的爬出井口，大叫：「有水！水很甜！」

四周有幾百人同時誦念：

**阿彌陀佛！**

井水上升，水中出現了一組又一組人影。從那時起，一代又一代的影子輪流倒映在井水裏。但是，我們來時，井水已涸，只有井旁一棵老槐樹依然枝葉繁茂，亭亭如蓋。那天天氣炎熱，我們都往樹蔭裏擠，都站在井旁，看清楚了荒草間有一個黑黝黝的破洞。

我也看清楚老族長一臉的虔誠。古井雖涸，祖宗英靈不昧，當初憔悴襤褸的先人如今已繁衍成衣冠楚楚的大族，荒涼的土丘經營成堅固安全的城堡。站在寬可馳馬的城牆上內望，望不盡鱗次櫛比的瓦脊椽簷，望不盡結滿知了麻雀的槐柳，數不清那裊裊炊烟和傲然的貞節牌坊。那飄着國旗、飄着歌聲的地方，是我們的學校，年年有人在這兒長大，年年有人從這兒跟着族長繞行全鎮，認識自己的歷史，走在街心，吸兩旁門窗散發出來的氣味。

烤紅薯的香味；
醃肉的香味；
醬菜的香味；
陳年老酒的香味。

倘若輪盤就此停住，我們贏定了。可是輪盤要命的轉着，轉出一個久久不雨的夏季來。這時，我在故鄉三千里外，道路多壘，親朋無字，旱災的消息是得自零碎模糊的傳聞。我聽說整個夏季，故鄉的天氣異常晴朗，晴朗得可以敲出聲音來。我聽說池塘乾涸了，青蛙跳出來，成群成堆死在街上，整條街都是牠們尸體的臭味。我聽說老鼠走出洞外找水，寧願被人打死。我聽見了許多可怕的事情。

我聽說所有的井都乾了，家家到西郊的小河裏挑水。在這要命的時刻，土匪蜂擁而至，他們一直覬覦這個易守難攻的城鎮，現在有了一試的機會。他們圍城，切斷水源，逼得族人皮膚紅腫裂開，逼得族人不洗臉不洗澡不舉重不疾走小心避免出汗，逼得男人貯存小便，逼得母親無法用奶水制止嬰兒啼哭，却去吮吸嬰兒臉上的眼淚。逼得族人瘋狂的挖井，挖出來的只是飛塵。逼得族人殺牛殺羊喝牠們的血。當初祖先們驚魂甫定，滿腦子都是水災的恐怖，沒料到後世子孫受這般無情的煎熬。每夜每夜，土匪環城堆積木柴，升起熊熊之火，幾十堆野火整夜不熄，像一道一道催命的令牌壓迫守城的人，比無情更無情。

他們自分必死。半數戰死半數渴死。他們並未期望奇蹟。他們中間有一個人，經過祖先留下的那口廢井旁邊，又看見那棵槐樹。古槐已經枯死，那時，城牆裏面所有的樹都成枯枝。這人大概是族人中間視力最好的一個，他看出老槐似乎又帶幾分綠意。他用指甲去挖樹幹，挖掉表皮，裏面滑溜溜，黏答答，藏着生命的訊息。怎麼？老槐樹又活了？怎麼可能？他在井旁沉思。驕陽之下，汗出如漿，也忘了擦拭。他想出一個道理來。他大叫一聲，飛馳而去，完全不顧他要損失多少水分。

他也必定是口才最好的一個人吧？可惜我不知道他的名字，他說服了那些奄奄一息的壯男來淘這口涸井。他相信井下有水。大家忍死工作，恨恨的說，倘若徒勞無功，他們要殺死提議淘井的人。那提議淘井的人鎮靜的堅定的等待結果。他大概最鎮靜最有自信心。

這口古井是一個奇蹟，它果然冒出水來。復活的泉，大自然的秘密精力，救活了老槐樹，救活全城全族。忽然看見水，人們多麼迷惑，多麼瘋狂，多麼滿足！婦女們把水桶裝滿，手浸在裏面，臉浸在裏面，把嬰兒浸在裏面，先是嘻嘻的笑，後來嗚嗚的哭。

據說，守城的人提了幾桶清水從城上倒下去，土匪就退了。城裏有足夠的子彈，足夠的射手和糧食，現在又有了足夠的水，土匪還有什麼指望？我想，這次大旱，一定給故鄉留下許多烙痕，等着我去憑弔、撫摩。可是我不能，我在三千里外，只能捕捉一些道路傳聞。

**故鄉，對於我，又進入傳說的時代！**

35

# 迷眼流金

我家住在古城的西隅。出門西行，走完半條街，越過一片菜圃，就是古城的西牆。這可能是先人的一大錯誤，就我而論，根本不該住在城西。

你不知道傍晚在城頭散步有多麼愉快。站在城牆上和縮在灰沉沉的四合房裏完全是兩個世界、兩種經驗。天高地闊，風暖衣輕，放眼看麥浪搖蕩，長長的地平上桃柳密如米點，是故鄉一大勝景。倘若天氣好，西天出現了落日晚霞，非等到那鮮麗的天幕褪盡顏色，你不忍離開。你會把那一片繽紛一片迷茫帶進夢裏，再細細玩索一次。

唉，你不知道，一旦登城西望，你會看見何等遼闊何等遙遠的田野。你會有置身大海孤舟中的哀愁。你需要一點興奮或一點痲醉，落日彩霞就是免費的醇酒和合法的迷幻藥。晚年的太陽達到它最圓熟的境界，給滿天滿地你我滿身披上神奇。它輕輕躺在寬大平坦的眠床上，微微顫動。如果眠床再鋪一層厚厚的雲絮，它就在雲裏絮裏化成琥珀色的流汁，不肯定型，不肯凝固，安然隱沒。一天結束了，而結束如此之美，死亡如此之美，毀滅如此之美，美得你想死，想毀滅。那時，我從暮靄中走下城牆，覺得自己儼然死過一次。

從前，我們遠祖居住在另一個遙遠的地方，那裡以產桃聞名。爲了表示追念，族人特地在古城西郊種植一片桃林。西郊有一條小河，桃林在河岸兩旁展開，遠遠望去，好像貼在天幕上的一條花邊。每年春到，我在單調沉悶的四合房裏捉到迷路的蝴蝶，就知道桃花開了。

千百棵桃樹同時開花是絕對無法隱藏的事情！人站在城牆上，正好眺望一片紅雲。盛開的桃花受到夕陽返照，十里外看得見通天紅氣。世界是如此詭異、虛幻，令人心神恍惚，意志煥散。難怪到了花季，做父母的宣布桃林是孩子們的禁地，千叮萬囑，不許入林玩耍。誰要是反抗家長的告誡，擅自走進這個變色變形的世界，十個少女有九個回家發燒，十個少男有八個迷路。迷了路的孩子坐在河邊痛哭，等父親來救，他的父親帶著獵狗，敲著銅鑼，入林叫喊尋找，叫聲鑼聲震得花瓣紛紛下墜。

我開始接觸新的文學作品，從小說和新詩裏面去找苦悶啊、徬徨啊、絕望啊，蒼白得厲害。這些作品使我回味在落日殘照裏嘗到的毀滅之美。使我通體酥軟，不能直立，數着自己滴血的聲音讀秒。殘照迴光強化了這些作品的效果，使我渴望那些作品所描寫的乃是我的生活。我還沒有戀愛，先已覺得失戀。還沒有經商，先已想像破產。還沒有病，先已自以爲沉疴難起。幸福似乎是庸俗的，受苦才有詩意和哲理。活着是卑微的，一旦死亡，就會使許多人震驚、流淚，舉出美德來做榜樣表率，或者誇張死者未來的成就，痛惜天忌英才。

我是沉溺在細膩的流沙裏，無以自拔了。我實在受不了夕陽下桃林的誘惑，尤其是紅花掩映下的那一條河。城墻外緣是大約廿度的斜坡，生滿堅硬的細草，可以當作天然的滑梯。我四顧無人，悄悄滑下去，沿着田間阡陌走。這是我最大的秘密，不能讓任何人看見。夕陽的光線從桃林頂上平射過來，刺得我眼花撩亂。忐忑的心更亂，硬着頭皮一溜煙鑽進桃林，鑽進一條紅通通熱烘烘的甬道。四顧果然無人，可是總疑心有什麼人躲在桃樹後面偷看。啊，那條河！我永遠不會忘記那條河，水波微動，靜寂無聲，花在水裏，霞在水裏，分不出那是花、那是水、那是霞。紅得像火，濃得像酒，軟得像蜜。一躍而入是何等舒適，何等刺激！肉身在火裏溶解，靈魂向霞處飛昇，大地乾乾淨淨。

**我想死。**

**我眞的想死。**

死了，我就是河的神，花的精魂，霞的主人。我就通體透明，仰臥在河床上的錦緞裏，浮在這一片銷骨的氤氳中，消失，消失，永遠消失，無影無蹤，不留一片渣滓。水裏鋪着一層霞，霞裏鋪着一層花，霞和花的岩漿塗在水的背面，水就像鏡子一樣，清晰的映出我的面容。我對自己的影子說，你要撲下去，撲下去，撲進溫柔而有彈性的流體，永遠休眠。

想着想着，心神幾乎粉碎，突然，水中的影像之旁，浮出一張嚴厲而兇惡的臉，瞪着充血的圓眼，來責備我的荒謬。我大吃一驚，跌坐河邊，平息劇烈的心跳。本能的回頭一看，一頭牛站在旁邊。原來是一頭牛，水中倒映着牛臉。河水的顏色那樣濃烈，擰曲了牛的形像。我是驚恐的，牠也是。牠懇切的望着我，有期待，有依戀。可是我總覺得牠的表情裏有許多責難，使我摸着胸口，望河，望一條血河。

記得有一次，我端着半盆清水，承受一滴一滴的鼻血，血珠兒在水中像傘張開，像一朵一朵桃花，像一片一片晚霞。終於，滿盆水都渾然一色。盆裏的水愈紅，母親的臉色愈蒼白。母親發現一切止血的辦法全然無效，忍不住放聲大哭，我聽見母親的哭聲，心頭一懍，鼻孔滴血竟停止了。可是母親的哭聲並不停止。俯身向河，滿河是血，是我流出來的鼻血，旁邊有母親的哭聲，哭我生命的萎謝，她的淚是另一種血。可惜啊，血變成汚水。母親啊母親，你爲什麼那樣蒼白，難道失血的是你。不錯，是她，我的血管通她的血管，我的皮膚有了傷口，她的鮮血先我而涔涔，除非她的血乾涸，不許輪到我。母親啊母親，你用流血保護我，我必須止血保護你。

我輕輕的撫摩那牛，牛也輕輕抖動肌肉迎接我的手掌。晚霞餘燼將盡，桃林裏泛起一層灰白，牛的面容隨着變了，恢復本來的善良溫順。

牠非常安靜的望着前方。

我騎上牛背，緩緩出林。

抗戰發生了，一個黑臉漢子從戰地逃出來，做我們的國文教師。他的聲音宏亮堅定，平素却沉默寡言。有一天，他問：

「聽說你會做詩？」

我說，是的。

「把你的作品，寫一首來看看。」

我說，好的。

我呈上一首：

——青青小草隨坡低，
點點春雲與樹齊，
獨立山頭思妙理，
溜圓紅日滾天西。——

他看了，沈吟了一下，對我說：

「詩裏面有衰敗的意味，不好。應該改掉幾個字，寫成另外一個樣子。」

說着，他提筆就改：

——青青小草隨坡生，

點點春雲與樹平，

獨立山頭思妙理，

溜圓紅日起天東。

在他來說，改動了幾個字，用新生的興旺氣象抹去了衰敗，大功告成。可是，在我來說，紙上的旭輝依然是我心中的殘霞，因爲我住在城西，不在城東。我看見的是夕陽黃昏，不是雲霞海曙。有些東西已深入我的骨髓肌理，使我的人格起了變化。字面上的塗塗改改無濟於事。唉，這是我住在城西釀成的苦酒。

**苦酒換一個名稱還是苦酒。**

我發現我的國文老師也是個喜歡苦酒的人，他也常常到西面的城頭散步。他從城南繞到城西，不辭遙遠，必定是愛上晚霞，晚霞在他眼裏冒着火星。他一步一步很沉重，肩膀左右傾斜才提得起脚步來。走着走着，好像爲抵抗空氣凝結而掙扎。

終於，他用歌聲衝破沈默：

「流浪到何年何月，逃亡到何處何方，

「我們無處流浪，也無處逃亡！……」

我跟着他一起唱：

「那裏有我們的家鄉，

「那裏有我們的爹娘，……」

唱着唱着，他哭了，掏出手帕來，唱一句，擦一下。我也哭了，沒有掏手帕，我的眼淚太少，捨不得擦掉。哭泣好美好美，流亡好美好美。我恨不得是他，恨不得把他的淚放在我的眶裏，替他流亡……。

那年代，我們喜歡唱歌，也有許多歌可唱。音樂老師、國文老師、數學老師都把自己喜歡的歌教給我們，那流亡者，那闊肩厚背的黑臉漢子，唱起歌來全校各教室都聽得見。他率領我們浩浩蕩蕩到四鄉去宣傳抗日，挺胸昂首，引吭高聲，感動得我們這些小孩都覺得自己很偉大。

——我們從敵人屠刀下衝出，
痛嘗夠亡國的迫害恥辱，
遍身被同胞熱血染紅，
滿懷犧牲決心，和最大的憤怒。

唱到押韻的地方，歌聲帶幾分哽咽。但是接着又激昂起來……

——我們帶着救亡的火種，
走遍祖國廣大的城鄉山林，
冒着急雨寒雪霜冰，
不怕暗夜風沙泥濘。

唱着唱着，他的眼睛向遠方看，愈看愈遠，越過房屋，越過城墻，越過地平，向風沙泥濘的廣大山林看去，一臉的認眞和堅忍，好像他已置身其間奮勇向前。啊，那是多豐富的經驗！多壯烈的滋味！唱着唱着，我也在那滋味裏醉了。

教完這首歌以後，國文老師就不見了。他沒有跟我們說要到什麼地方去，但是，我認爲我知道。當天邊晚霞消失，我彷彿看見天外有一個人背着行囊，挺着胸膛，在大風大雨中奮鬪，在流血流汗中成長。那人是他，那人也是我。我再也不珍惜家庭的溫暖，鄉情的醇美，甚至也不珍惜國家的保護。失去這些比擁有這些更能增加生命的意義。讓我也流亡吧，我也受迫害吧。我又想死了，我想在攀登懸崖峭壁時失足失蹤，讓同伴向山谷中丟幾塊石頭，象徵性的做我的墳墓。讓浩浩天風捲走他們的淚水，落在另一座山的野花上，凝成露珠。

我恐怕是有些失常了。都是夕陽惹的禍。我想，如果我家住在城東……。

# 一方陽光

四合房是一種封閉式的建築，四面房屋圍成天井，房屋的門窗都朝着天井。從外面看，這樣的家宅是關防嚴密的碉堡，厚墻高簷密不通風，擋住了寒冷和偷盜，不過，住在裏面的人也因此犧牲了新鮮空氣和充足的陽光。

我是在「碉堡」裏出生的。依照當時的風氣，那座碉堡用青磚砌成，黑瓦蓋頂，灰色方磚鋪地，墻壁、窗櫺、桌椅、門板、花瓶、書本，沒有一點兒鮮艷的顏色。即使天氣晴朗，室內的角落裏也黯淡陰沉，帶着嚴肅，以致自古以來不斷有人相信祖先的靈魂住在那一角陰影裏。嬰兒大都在靠近陰影的地方呱呱墜地，進一步證明了嬰兒跟他的祖先確有密切難分的關係。

室外，天井，確乎是一口「井」。夏夜納涼，躺在天井裏看天，四面高聳的屋脊圍着一方星空，正是「坐井」的滋味。冬天，院子裏總有一半積雪遲遲難以融化，總有一排屋簷掛着冰柱，總要動用人工把簷溜敲斷，把殘雪運走。而院子裏總有地方結了冰，害得愛玩好動的孩子們四脚朝天。

北面的一棟房屋，是四合房的主房。主房的門窗朝着南方，有機會承受比較多的陽光。中午的陽光越過南房，傾瀉下來潑在主房的墻上。開在這面墻上的窗子，早用一層棉紙、一層九九消寒圖糊得嚴絲合縫，陽光只能從房門伸進來，照門框的形狀，在方磚上畫出一片長方形。這是一片光明溫暖的租界，是每一個家庭的勝地。

現在，將來，我永遠能夠清清楚楚看見，那一方陽光鋪在我家門口，像一塊發亮的地毯。然後，我看見一只用麥稈編成、四周裹着棉布的坐墩，擺在陽光裏。然後，一雙謹愼而矜持的小脚，走進陽光，停在墩旁，脚邊同時出現了她的針線筐。一隻生着褐色虎紋的狸猫，咪嗚一聲，跳上她的膝蓋，然後，一個男孩蹲在膝前，用心翻弄針線筐裏面的東西，玩弄古銅頂針和粉紅色的剪紙。那就是我，和我的母親。

如果當年有人問母親：你最喜歡什麼？她的答覆八成是喜歡冬季晴天這門內一方陽光。她坐在裏面做針線，由她的猫和她的兒子陪着。我清楚記得一股暖流緩緩充進我的棉衣，棉絮膨脹起來，輕軟無比。我清楚記得毛孔張開，承受熱絮的輕燙，無須再爲了抵抗寒冷而收縮戒備，一切煩惱似乎一掃而空。血液把這種快樂傳遍內臟，最後在臉頰上留下心滿意足的紅潤。我還能清清楚楚聽見那隻猫的鼾聲，牠躺在母親懷裏，或者伏在我的脚面上，虔誠的念誦由西天帶來的神秘經文。

在那一方陽光裏，我的工作是持一本三國演義，或精忠說岳，唸給母親聽。如果我唸了別字，她會糾正，如果出現生字，——母親說，一個生字是一隻攔路虎，她會停下針線，幫我把老虎打死。漸漸地，我發現，母親的興趣並不在乎重溫那些早已熟知的故事情節，而是使我多陪伴她。每逢故事告一段落，我替母親把綉線穿進若有若無的針孔，讓她的眼睛休息一下。有時候，大概是暖流作怪，母親嚷着「我的頭皮好癢！」我就攀着她的肩膀，向她的髮根裏找蝨子，找白頭髮。

我在晒太陽晒得最舒服的時候，醺然如醉，岳飛大破牛頭山在我喉嚨裏打轉兒，發不出聲音來。貓恰恰相反，牠愈舒服，愈呼嚕得厲害。有一次，母親停下針線，看她膝上的貓，膝下的我。

「你聽，貓在說什麼？」

「貓沒有說話，牠在打鼾。」

「不，牠是在說話。這裏面有一個故事，一個很久很久以前的故事……」

母親說，在遠古時代，宇宙洪荒，人跟野獸爭地。人類聯合起來把老虎逼上山，把烏鴉逼上樹，只是對滿地橫行的老鼠束手無策。老鼠住在你的家裏，住在你的臥室裏，在你最隱密最安全的地方出入無礙，肆意破壞。老鼠是那樣機警、詭詐、敏捷、惡毒，人們用盡方法，居然不能安枕。

有一次，一個母親輕輕的拍着她的孩子，等孩子睡熟了，關好房門，下厨作飯。她做好了飯，回到臥室，孩子在那兒？床上有一群啾啾作聲的老鼠，爭着吮吸一具血肉斑爛的白骨。老鼠把她的孩子吃掉了。

——聽到這裏，我打了一個寒顫。

這個摧心裂肝的母親向孫悟空哭訴。悟空說：「我也制不了那些老鼠。」

但是，總該有一種力量可以消滅醜惡骯髒而又殘忍的東西。天上地下，總該有個公理！

悟空想了一想，乘觔斗雲進天宮，到玉皇大帝座前去找那一對御猫。猫問他從那裏來，他說，下界。猫問下界是什麼樣子，悟空說，下界熱鬧，好玩。天上的神仙那個不想下凡？猫心動，擔憂在下界迷路，不能再回天宮。悟空拍拍胸脯說：「有我呢，我一定送你們回來。」

就這樣，一個斛斗雲，悟空把御猫帶到地上。

御猫大發神威，殺死無數老鼠。從此所有的老鼠都躲進洞中苟延歲月。可是，猫也從此失去天國。悟空把牠們交給人類，自己遠走高飛，再也不管牠們。悟空知道，猫若離開下界，老鼠又要吃人，就硬着心腸，負義背信。從此，猫留在地上，成了人類最寵愛的家畜。可是，牠們也藏着滿懷的愁和怨，常常想念天宮，盼望悟空，反復不斷的說：

「許送，不送……許送，不送。……」

「許送，不送。」就是猫們鼾聲的內容。

原來人人寵愛的猫，心裏也有委屈。原來安逸滿足的鼾聲裏包含着失望的蒼涼。如果母親不告訴我這個故事，我永遠想不到，也聽不出來。

我以無限的愛心和歉意抱起那隻狸猫，親牠。

牠伸了一個懶腰，身軀拉得好長，好細，一環一環肋骨露出來，抵擋我的捉弄。冷不防，從我的臂彎裏竄出去，遠了。

母親不以爲然，她輕輕的糾正我：「不好好的纏毛線，逗猫做什麼？」

在我的記憶中，每到冬天，母親總要抱怨她的脚痛。

她的脚是凍傷的。當年做媳婦的時候，住在陰暗的南房裏，整年不見陽光。寒凜凜的水氣，從地下冒上來，從室外滲進室內，侵害她的脚，兩隻脚永遠冰冷。

在嚴寒中凍壞了的肌肉，據說無藥可醫。年復一年，冬天的訊息乍到，她的脚面和脚跟立即有了反應，那裏的肌肉變色、浮腫，失去彈性，用手指按一下，你會看見一個坑兒。看不見的，是隱隱刺骨的疼痛。

分了家，有自己的主房，情況改善了很多，可是年年脚痛依然，它已成爲終身的痼疾。儘管在那一方陽光裏，暖流洋溢，母親仍然不時皺起眉頭，咬一咬牙。

當刺綉刺破手指的時候，她有這樣的表情。

母親常常刺破手指。正在綉製的枕頭上面，星星點點有些血痕。綉好了，第一件事是把這些多餘的顏色洗掉。

據說，刺綉的時候心煩慮亂，容易把綉花針扎進指尖的軟肉裏。母親的心常常很亂嗎？

不刺綉的時候，母親也會暗中咬牙，因爲凍傷的地方會突然一陣刺骨難禁。

在那一方陽光裏，母親是側坐的，她爲了讓一半陽光給我，才把自己的半個身子放在陰影裏。

常常是，在門旁端坐的母親，只有左足感到溫暖舒適，相形之下，右足特別難過。這樣，左足受到的傷害並沒有復元，右足受到的摧殘反而加重了。

母親咬牙的時候，沒有聲音，只是身體輕輕震動一下。不論我在做什麼，不論那猫睡得多甜，我們都能感覺出來。

這時，我和猫都仰起臉來看她，端詳她平靜的面容幾條不平靜的皺紋。

我忽然得到一個靈感：「媽，我把你的座位搬到另一邊來好不好？換個方向，讓右脚也多晒一點太陽。」

母親搖搖頭。

我站起來，推她的肩，媽低頭含笑，一直說不要。猫受了驚，蹄縫間露出白色爪尖。

座位終於搬到對面去了，狸猫跳到院子裏去，母親連聲喚牠，牠裝作沒有聽見；我去捉牠，連我自己也沒有回到母親身邊。

以後，母親一旦坐定，就再也不肯移動。很顯然，她希望在那令人留戀的幾尺乾淨土裏，她的孩子，她的猫，都不要分離，任發酵的陽光，釀造濃厚的情感。她享受那情感，甚於需要陽光，即使是嚴冬難得的煦陽。

盧溝橋的砲聲使我們眩暈了一陣子。這年冬天，大家心情興奮，比往年好說好動，母親的世界也測到一些震波。

母親在那一方陽光裏，說過許多夢、許多故事。

那年冬天，我們最後擁有那片陽光。

**她講了一個夢，對我而言，那是她最後的夢。**

母親說，她在夢中抱着我，站在一片昏天黑地裏，不能行動，因爲她的雙足埋在幾寸厚的碎琉璃碴兒裏面，無法舉步。四野空空曠曠，一望無邊都是碎琉璃，好像一個琉璃做成的世界完全毀壞了，堆在那裏，閃着燐一般的火焰。碎片最薄最鋒利的地方有一層青光，純鋼打造的刀尖才有那種鋒芒，對不設防的人，發生無情的威嚇。而母親是赤足的，幾十把琉璃刀插在脚邊。

我躺在母親懷裏，睡得很熟，完全不知道母親的難題。母親獨立蒼茫，汗流滿面，覺得我的身體愈來愈重，不知道自己能支持多久。母親想，萬一她累昏了，孩子掉下去，怎麼得了？想到這裏，她又發覺我根本光着身體，沒有穿一寸布。她的心立卽先被琉璃碎片刺穿了。某種疼痛由小腿向上蔓延，直到兩肩、兩臂。她咬牙支撐，對上帝禱告。

就在完全絕望的時候，母親身邊突然出現一小塊明亮乾淨的土地，像一方陽光這麼大，平平坦坦，正好可以安置一個嬰兒。謝天謝地，母親用盡最後的力氣，把我輕輕放下。我依然睡得很熟。誰知道我着地以後，地面忽然傾斜，我安身的地方是一個斜坡，像是又陡又長的滑梯，長得可怕，沒有盡頭。我快速的滑下去，比飛還快，轉眼間變成一個小黑點。

在難以測度的危急中，母親大叫。醒來之後，略覺安慰的倒不是我好好的睡在房子裡，而是事後記起我在滑行中突然長大，還遙遙向她揮手。

母親知道她的兒子絕不能和她永遠一同圍在一個小方框裡，兒子是要長大的，長大了的兒子會失散無踪的。

**時代像篩子，篩得每一個人流離失所，篩得少數人出類拔萃。**

於是，她有了混和着驕傲的哀愁。

她放下針線，把我摟在懷裡問：

「如果你長大了，如果你到很遠的地方去，不能回家，你會不會想念我？」

當時，我惟一的遠行經驗是到外婆家。外婆家很好玩，每一次都在父母逼迫下勉強離開。我沒有思念過母親，不能回答這樣的問題。同時，母親夢中滑行的景象引人入勝，我立即想到滑冰，急於換一雙鞋去找那個冰封了的池塘。躍躍欲試的兒子，正設法掙脫傷感留戀的母親。

母親放開手凝視我：

「只要你爭氣，成器，即使在外面忘了我，我也不怪你。」

59

# 那些雀鳥

手裡握一隻麻雀或黃雀，是挺好玩的事情，你不能怪孩子們喜歡捉它。細嫩的絨毛，暖烘烘的腱肉，令你的掌心那樣舒適。它的心臟鼓動得那樣劇烈，脚爪顫動，將愉快的韻律傳遍你的周身。它全身依附你，但是眼睛却張皇四顧，尋找出路。你只要一用力，就可以揑死它，可是，你若鬆開五指，（多麼容易的事情！）你立即創造了一位活潑的天使。

捉雀鳥的方法有十七種，我那一種也不會。別的孩子捉到雀兒拿給我看，如果我有錢，就向他們買；如果沒有，他們就把雀兒揑死，用泥巴密封起來，烤熟了吃。如果我買到手，就輕輕的握著，享受操縱命運的樂趣。握鳥跟握住一塊石頭不同，你得用拇指和食指圍住它的脖子，用小指從後面頂住它的大腿，中間三指貼緊它的肚子，這樣，它就兩脚懸空，兩翅貼身，完全喪失了飛鳥的特性，任人擺弄。惟一不馴伏的是它的眼睛，總是側頭去望樹枝，那神情令你覺得加倍有趣。

我很注意手裡握著雀鳥的孩子。怎麼，你捉到一隻麻雀嗎？你打算怎麼辦？烤熟了吃？麻雀有什麼好吃，不如吃冰糖葫蘆。我給你錢去買冰糖葫蘆，你給我麻雀。我握住麻雀，暗想：把這樣有趣的東西丟在火裡燒焦，實在糟蹋。我帶著它到郊外去，鑽進林裡，鑽進一片花花的樹葉、花花的陽光底下，一片嘩嘩的鳥聲中，小麻雀伸長了脖子聽，側著頭看，熱血沸騰，使我的掌心出汗。我一揚手，像拋一塊石頭把它拋出去，這石頭在空中變成紙鳶，飄起來，藏進花花的陽光、花花的樹葉裡。風來撫摩我張開的手掌，輕輕拭去掌心的汗珠，這隻手好舒服！就像剛剛跟國王握過一樣。

大概冰糖葫蘆的滋味確實不錯，我經常可以買到麻雀或黃雀。當然，有些孩子寧願吃雀肉，到處拾柴生火，席地大餐。雀兒怎麼這樣愚蠢，前仆後繼落到孩子們的網裡？那些從我手中僥倖脫險的雀兒難道不把親身經驗告訴它的同類？在雀類的世界裡，難道不互相傳播警告？孩子們烤雀肉的時候，活著的麻雀在旁邊飛來飛去，難道看不見？

突然間，我興起一陣雄心，想拯救這些可憐的小動物。我打破了那個最大的撲滿。整個暑假，天天到野外去放雀。當然，這樣效果還是有限（天下的兒童都正在抓天下的雀鳥），要緊的是喚起雀類世界的自救。一隻麻雀黃雀什麼雀由別人手裡轉來之後，絕處逢生之前，我剪掉它的一個脚趾，僅僅一剪。雀兒受到傷害，劇烈的抖動了一下，比起燒死，這點痛苦算不了什麼。唯有經過痛苦，才會留下刻骨銘心的記憶。唯有經過痛苦，才會牢記教訓，不犯以前的錯誤。帶著痛苦飛去吧，在以後的日子裡，要時時反省，爲什麼少掉一個脚趾。要告訴小雀兒怎樣保全脚趾。讓所有的雀類看到那隻殘缺的脚，讓它們一傳十，十傳百，都知道有些地方不可去，有些東西不可靠近，有些食物不可吃。

這癖好花光了我所有的儲蓄，甚至使我成爲親友眼中的笑柄。那年頭，長輩們作興賞一點零錢給小孩子花用，他們把銅元塞進我的口袋時常說：「拿去買麻雀。」我常常到打穀場上去看麻雀，特別注意它們的脚，雀兒成群結隊，個個雙脚完好，趾爪齊全，那些得到教訓的雀兒，個個遠走高飛，躲開凶殘陰險的人類。我希望永遠不再看見它們。一天，新雨初晴，積水旁邊留下麻雀跳過去的一行脚印，水痕清晰，有一根斷趾，我蹲下來看了許久，一直替那隻鳥擔心。

一年以後，城裡來了一個走江湖的，用一隻聰明的染黃了的麻雀替人抽籤，生意很好。我跑去看，先看那鳥的脚爪，有一跟脚趾只賸下半截，站在滑溜溜的橫桿上分外吃力。我本來有些生氣，想罵它一頓，問它爲什麼上過一次當還沒有學乖，辜負了我一片苦心。它側著頭望我，當初在樹林裡我展開手掌托住它，讓它飛去，它似信似疑的遲疑了一下，回頭望我，就是這種神情。我的心裡突然感到一陣溫暖，好像看見了久無音訊的老朋友，除了關切以外，還想在彼此之間留下一點什麼，紀念這一次難得的重逢。

要想留一點日後的回憶，現在就抽一次籤吧。這樣最方便，也惟一可行。我摸出錢來交給它的主人，那江湖客吹一聲口哨，黃麻雀側著頭再望我一眼，分明還認得我。一陣喜悅從我心底湧上來，它也知道遇見了老朋友，它不會忘記在患難中得救的經過。它在張望那一疊其薄如紙的竹片，想從其中選一張「上上大吉」出來，表示對我的感激。

黃雀是知道報恩的，啣一張竹片比啣一個玉環來要容易得多，是不是？江湖客又吹口哨了，在尖銳急促的哨聲中，黃雀結束了猶疑，去啄那竹片，啣出一張來，交到主人手中。竹片上有四個字：「下下，不吉。」

我吃了一驚，不是爲了卦象，是爲了那鳥回報的方式。而那鳥，做完這件事以後，就飛上橫架，再也不理我了。我覺得受到了侮辱，掉頭走開，被那江湖客一把拉住。他說：「別走，錢退給你，誰抽到這支籤，我退錢。」

那是爲什麼？江湖客說，全部的籤都很吉利，只有這一支籤例外。本來連一支也沒有，但是警察局認爲必須有吉有凶，否則就是詐欺。這支籤完全是爲了符合規定，在他的心目中是不算數的。我現在覺得非常憤怒了，單單選這一支壞籤抽給我！我接過錢來，大步走。半途，一個孩子追上來問：「要買廊雀嗎？」

65

# 紅頭繩兒

一切要從那口古鐘說起。

鐘是大廟的鎭廟之寶，銹得黑裡透紅，纏著盤旋轉折的紋路，經常發出蒼然悠遠的聲音，穿過廟外的千株槐，拂著林外的萬畝麥，薰陶赤足露背的農夫，勸他們成爲香客。

鐘聲何時響，大殿神像的眼睛何時會亮起來，炯炯的射出去；鐘聲響到那裡，光就射到那裡，使鬼魅隱形，精靈遁走。半夜子時，和尙起來敲鐘，保護原野間辛苦奔波的夜行人不受邪祟……。

廟改成小學，神像都不見了，鐘依然在，巍然如一尊神。鐘聲響，引來的不再是香客，是成群的孩子，大家圍著鐘，睜著發亮的眼睛，伸出一排小手，按在鐘面的大明年號上，嘗震顫的滋味。

手挨著手，人人快活得隨著鐘聲飄起來，無論多少隻小手壓上去，鐘聲悠悠然，沒有絲毫改變。

校工還在認眞的撞鐘，後面有人擠得我的手碰著她尖尖的手指，擠得我的臉碰著她紮的紅頭繩兒了。擠得我好窘好窘！好快樂好快樂！可是我們沒談過一句話。

鐘聲停止，我們這一群小精靈立刻分頭跑散，越過廣濶的操場，衝進教室。再遲一分，老師就要坐在教席上，記下遲到的名字。看誰跑得快！可是，我總是落在後面，看那兩根小辮子，裹著紅頭繩兒，一面跑，一面晃蕩。

……如果她跌倒，由我攙起來，有多好！

我們的家長從兩百里外請來一位校長，校長來到古城的時候牽著一個手指尖尖、梳著雙辮的女兒。校長是高大的、健壯的、聲音宏亮的漢子，她是聰明的、傷感的、沒有母親的孩子。家長們對她好憐愛、好憐愛，大家請校長吃飯的時候，太太們把女孩擁有懷裡，揑她，親她，解開她的紅頭繩兒，問：「這是誰替你紮的？校長嗎？」重新替她梳好辮子，又量她的身裁，拿出料子來，問她那一件好看。

在學校裡，校長對學生很嚴厲，包括對自己的女兒。他要我們跑得快，站得穩，動作整齊畫一。如果我們唱歌的聲音不夠雄壯，他走到我們面前來叱罵：「你們想做亡國奴嗎？」對犯規的孩子，他動手打，挨了打也不准哭。可是，他絕對不禁止我們拿半截粉筆藏在口袋裡，他知道，我們在放學回家的路上，喜歡找一塊乾淨牆壁，用力寫下「打倒日本帝國主義」。大軍過境的日子，他不處罰遲到的學生，他知道我們喜歡看兵，大兵也喜歡摸著我們的頭頂、想念自己的兒女，需要我們帶著他們找郵局、寄家信。

「你們這一代，要在戰爭中長大。你們要早一點學會吃苦，學會自立。挺起你們的胸膛來！有一天，你們離開家，離開父母，記住！無論走到那裡，都要挺胸抬頭……」

校長常常這麼說。我不懂他在說什麼。我怎麼會離開父母？紅頭繩兒怎麼會離開他？如果彼此分散了，誰替她梳辮子呢？

……

盧溝橋打起來了。那夜我睡得甜，起得晚，走在路上，聽到朝會的鐘聲。這天，鐘響得很急促，好像撞鐘的人火氣很大。到校後，才知道校長整夜守著收音機沒合眼，他抄錄廣播新聞，親自寫好鋼板，喊醒校工，輪流油印，兩人都是滿手油墨，一眶紅絲。小城沒有報紙，也只有學校裡有一架收音機，國家發生了這麼大的事情，不能讓許多人蒙在鼓裡。校長把高年級的學生分成十組，分十條路線出發，挨家散發油印的快報。快報上除了新聞，還有他寫的一篇文章，標題是「拚到底，救中國！」我跟紅頭繩兒編在一個小組，沿街喊著「拚到底，救中國！」家家戶戶跑到街心搶快報。我們很興奮，可是我們兩人沒有交談過一句話。

送報回來，校長正在指揮工人在學校的圍牆上拆三個出口，裝上門，在門外的槐樹林裡挖防空坑。忙了幾天，開始舉行緊急警報的防空演習。警報器是瘋狂的朝那口鐘連敲不歇，每個人聽了這異常的聲音，都要疏散到牆外，跳進坑裡。校長非常認眞，提著籐鞭在樹林裡監視著，誰敢把腦袋伸出坑外，當心籐鞭的厲害。他一面打，一面罵：「你找死！你找死！我偏不讓你死！」罵一句，打一下，疼得你滿身冒汗，哭不出來。

校長說得對，汗不會白流，貼著紅膏藥的飛機果然來了，他衝出辦公室，親自撞那口鐘。我找到了一個坑，不顧一切跳下去，坐下喘氣。鐘還在急急的響，鐘聲和轟隆的螺旋槳聲混雜在一起。我爲校長擔心，不住的禱念：「校長，你快點跳進來吧！」這種坑是爲兩個人一同避難設計的，我望著餘下的一半空間，聽著頭頂上同學們鼕鼕的脚步響，期待著。

有人從坑邊跑過，踢落一片塵土，封住了我的眼睛。接著，撲通一聲，那人跳進來。是校長嗎？不是，這個人的身軀很小，而且帶來一股雪花膏味兒。

「誰？」我閉著眼睛問。

「我。」聲音細小，聽得出是她，校長的女兒！

我的眼睛突然開了！而且從沒有這樣明亮。她在喘氣，我也在喘氣。我們的臉都紅得厲害。我有許多話要告訴她，說不出來，想嚥唾沫潤潤喉嚨，口腔裡榨不出一滴水。轟隆轟隆的螺旋槳聲壓在我倆的頭頂上。

**有話快一點說出來吧，也許一分鐘後，我們都要死了。……要是那樣，說出來又有什麼用呢？……**

時間在昏熱中過去。我沒有死，也沒有說什麼。我拿定主意，非寫一封信不可，決定當面交給她，不能讓第三者看見。鐘聲悠悠，警報解除，她走了，我還在坑裡打腹稿兒。

出了坑，才知道敵機剛才低飛掃射。奇怪，我沒聽見槍聲，想一想，坑裡飄進來那些槐葉，一定是槍彈打落的。第二天，校長和家長們整天開會，謠言傳來，說敵機已經在空中照了相，選定了下次投彈的地方。前線的戰訊也不好，敵人步步逼進，敏感的人開始準備逃難。

學校決定無限期停課，校長打算回家去抗戰，當然帶著女兒。這些可不是謠言。校長爲人太好了，我有點捨不得他，當然更捨不得紅頭繩兒，快快朝學校走去。我已經寫好了一封信，裝在貼身的口袋裡發燙。一路宣著誓，要在靜悄無人的校院裡把信當面交給她。……怎麼，誰在敲鐘，難道是警報嗎？——不是，是上課鐘。停課了怎麼會再上課！大概有人在胡鬧吧……我要看個究竟。

學校裡並不冷清，一大群同學圍著鐘，輪流敲撞。鐘架下面挖好了一個深穴，帶幾分陰森。原來這口鐘就要埋在地下，等抗戰勝利再出土。這也是校長的主意，他說，這麼一大塊金屬落在敵人手裡，必定變成子彈來殘殺我們的同胞。這些同學，本來也是來看校長的，大家都有點捨不得他，儘管多數挨過他的籐鞭。現在大家捨不得這口鐘，誰都想多聽聽它的聲音，誰也都想親手撞它幾下。你看！紅頭繩兒也在坑邊望鐘發怔呢！

鐘要消失，紅頭繩兒也要消失，一切美好的事物都要毀壞變形。鐘不歇，人不散，只要他們多撞幾下，我會多有幾分鐘時間。沒有人注意我吧？似乎沒有，大家只注意那口鐘。悄悄向她身邊擠去，擠兩步，歇一會兒，摸一摸那封信，忍一忍心跳。等我擠到她身後站定，好像是翻山越嶺奔波了很長的路。

取出信，捏在手裡，緊張得發暈。

我差一點暈倒。

她也差一點暈倒。

那口大鐘劇烈的搖擺了一下。我抬頭看天。

「飛機！」

「空襲！」

在籐鞭下接受的嚴格訓練看出功效，我們像野兎一樣竄進槐林，隱沒了。

坐在坑裡，聽遠近炸彈爆裂，不知道自己家裡怎樣了。等大地和天空恢復了平靜，還不敢爬出來，因爲那時候的防空知識說，敵機很可能回頭再轟炸一次。我們屏息靜聽。……

**很久很久，槐林的一角傳來女人的呼叫，那是一個母親在喊自己的孩子，聲嘶力竭。**

**接著，槐林的另一角，另一個母親，一面喊，一面走進林中。**

**立刻，幾十個母親同時喊起來。空襲過去了，她們出來找自己的兒女，呼聲是那樣的迫切、慈愛，交織在偌大一片樹林中，此起彼落。……**

**紅頭繩兒沒有母親……。**

我的那封信……我想起來了，當大地開始震撼的時候，我順勢塞進她的手中。不會錯吧？仔細想想，沒有錯。

我出了防空坑，特地再到鐘架旁邊看看，好確定剛才的想法。鐘架炸坍了，工人正在埋鐘。一個工人說，鐘從架上脫落下來，恰好掉進坑裡，省了他們很多力氣。要不然，這麼大的鐘多少人抬得動！

站在一旁回憶剛才的情景，沒有錯，信在她的手裡。回家的路上，我反覆的想：好了，她能看到這封信，我就心滿意足了。

大轟炸帶來大逃亡，親族、鄰居，跟傷兵、難民混在一起，滾滾不息。我東張西望，不見紅頭繩兒的影子，只有校長遠遠站在半截斷壁上，望著駁雜的人流發呆。一再朝他招手，他也沒看見。

果然如校長所說，我們在戰爭中長大，學會了吃苦和自立。童年的夢碎了，碎片中還有紅頭繩兒的影子。

征途中，看見掛一條大辮子的姑娘，曾經想過：紅頭繩兒也該長得這麼高了吧？

看見由儐相陪同、盛妝而出的新婦，也想過：紅頭繩兒嫁人了吧？

自己也曾經在陌生的異鄉，摸著小學生的頭頂，問長問短，一面暗想：「如果紅頭繩兒生了孩子……」。

我也看見許多美麗的少女流離失所，人們逼迫她去做的事又是那樣下賤……。

直到有一天，我又跟校長見了面。儘管彼此的面貌變了，我還認識他，他也認得我。我問候他，問他的健康，問他的工作，問他抗戰八年的經歷。幾次想問她的女兒，幾次又吞回去，終於忍不住還是問了。

他很嚴肅的拿起一根煙來，點著，吸了幾口，造成一陣沉默。

「你不知道？」他問我。

我慌了，預感到什麼：「我不知道……我眞的不知道。」

校長哀傷的說，在那次大轟炸之後，他的女兒失踪了。他找遍每一個防空坑，問遍每一個家庭。爲了等候女兒的消息，他留在城裡，直到聽見日軍的機關槍聲。……多年來，在茫茫人海，夢見過多少次重逢，醒來仍然是夢……。

怎麼會！這怎麼會！我叫起來。

我說出那次大轟炸的情景：同學們多麼喜歡敲鐘，我和紅頭繩兒站得多麼近，脚邊的坑是多麼深，空襲來得多麼突然，我們疏散得多麼快！……只瞞住了那封信。我一再感謝校長對我們的嚴格訓練，否則，那天將炸死很多孩子。校長一句話不說，只是聽。爲了打破可怕的沈默，我只有不停的說，說到那口鐘怎樣巧妙的落進坑中，由工人迅速填土埋好。

淚珠在校長的眼裡轉動，嚇得我住了口。這顆淚珠好大好大，掉下來，使我更忘不了那次轟炸。

「我知道了！」校長只掉下一顆眼淚，眼球又恢復了乾燥。「空襲發生的時候，我的女兒跳進鐘下面坑裡避難。鐘掉下來，正好把她扣住。工人不知道坑裡有人，就填了土……」

「這不可能！她在鐘底下會叫……」

「也許鐘掉下來的時候，把她打昏了。」

「不可能！那口鐘很大，我曾經跟兩個同學同時鑽到鐘口裡面寫標語！」

「也許她在往坑裡跳的時候，已經在轟炸中受了傷。」

我仔細想了想：「校長，我覺得還是不可能！」

校長伸過手來，用力拍我的肩膀：「老弟，別安慰我了，我情願她扣在鐘底下，也不願意她在外面流落……」

我還有什麼話可說？

臨告辭的時候，他使用當年堅定的語氣告訴我：

「老弟，有一天，咱們一塊兒回去，把那口鐘吊起來，仔細看看下面。……咱們就這樣約定了！」

當夜，我做了一個夢，夢見我帶了一大群工人，掘開地面，把鐘抬起來，點著火把，照亮坑底。下面空蕩蕩的，我當初寫給紅頭繩兒的那封信擺在那兒，照老樣子疊好，似乎沒有打開過。

79

# 失樓台

小時候，我最喜歡的地方是外婆家。那兒有最大的院子，最大的自由，最少的干涉。偌大幾進院子只有兩個主人：外祖母太老，舅舅還年輕，都不願管束我們。我和附近鄰家的孩子們成爲這座古老房舍裏的小野人。一看到平面上高聳的影像，就想起外祖母家，想起外祖父的祖父在後院天井中間建造的堡樓，黑色的磚，青色的石板，一層一層堆起來，高出一切屋脊，露出四面鋸齒形的避彈牆，像戴了皇冠一般高貴。四面房屋繞著他，他也晝夜看顧著它們。傍晚，金黃色的夕陽照著樓頭，使他變得安詳、和善，遠遠看去，好像是伸出頭來朝著牆外微笑。夜晚繁星滿天，站在樓下抬頭向上看他，又覺得他威武堅強，艱難的支撐著別人不能分擔的重量。這種景象，常常使我的外祖母有一種感覺，認爲外祖父並沒有死去，仍然和他同在。

是外祖父的祖父，填平了這塊地方，親手建造他的家園。他先在中間造好一座高樓，買下自衛槍枝，然後才建造周圍的房屋。所有的小偷、強盜、土匪，都從這座高聳的建築物得到警告，使他們在外邊經過的時候，脚步加快，不敢停留。由外祖父的祖父開始，一代一代的家長夜間都宿在樓上，監視每一個出入口。

輪到外祖父當家的時候，土匪攻進這個鎮，包圍了外祖父家，要他投降。他把全家人遷到樓上，帶領看家護院的槍手站在樓頂，支撐了四天四夜。土匪的快槍打得堡樓的上半部盡是密密麻麻的彈痕，但是沒有一個土匪能走進院子。

舅舅就是在那次槍聲中出生的。槍戰的最後一夜，宏亮的男嬰的啼聲，由樓下傳到樓上，由樓內傳到樓外，外祖父和牆外的土匪都聽到這個生命的吶喊。據說，土匪的頭目告訴他的手下說：「這家人家添了一個壯丁，他有後了。我們已經搶到不少的金銀財寶，何必再和這家結下子孫的仇恨呢？」土匪開始撤退，舅舅也停止哭泣。

等到我以外甥的身份走進這個沒落的家庭，外祖父已去世，家丁已失散，樓上的彈痕已模糊不清，而且天下太平，從前的土匪，已經成了地方上維持治安的自衛隊。這座樓唯一的用處，是養了滿樓的鴿子。自從生下舅舅以後，廿幾年來外祖母沒再到樓上去過，讓那些鴿子在樓上生蛋、孵化，自然繁殖。樓頂不見人影，垛口上經常堆滿了這種灰色的鳥，在金黃色的夕陽照射之下，閃閃發光，好像是皇冠上鑲滿了寶石。

外祖母經常在樓下撫摸黑色的牆磚，擔憂這座古老的建築還能支持多久。磚正風化，磚與磚之間的縫隙處石灰多半裂開，樓上的樑木被蟲蛀壞，夜間隱隱有像是破裂又像摩擦的咀嚼之聲。很多人勸我外祖母把這座樓拆掉，以免有一天忽然倒下來，壓傷了人。外祖母搖搖頭。她捨不得拆，也付不出工錢。每天傍晚，一天的家事忙完了，她搬一把椅子，對著樓抽她的水烟袋。水烟呼嚕呼嚕的響，樓頂鴿子也咕嚕咕嚕的叫，好像她老人家跟這座高樓在親密交談，日子就這樣一天天的過去。

喜歡這座高樓的，除了成羣的鴿子，就是我們這些成羣的孩子。我們圍着他捉迷藏，在他的陰影裏玩彈珠。情緒高漲的時候掏出從學校裏帶回來的粉筆在上面大書「打倒日本帝國主義」。如果有了冒險的慾望，我們就故意忘記外祖母的警告，爬上樓去，踐踏那吱吱作響的樓梯，撥開一層一層的蜘蛛網，去碰自己的運氣，說不定可以摸到幾個鴿蛋，或者撿到幾個空彈殼。我在樓上撿到過銅板、鈕扣、烟嘴、鑰匙、手槍的子彈夾，和鄰家守望相助連絡用的號角——吹起來還嗚嗚的響。整座大樓，好像是一個既神秘、又豐富的玩具箱。

它給我們最大的快樂是滿足我們破壞的慾望。那黑色的磚塊，看起來就像銅鐵，但是只要用一根木棒或者一小節竹竿一端抵住磚牆、一端夾在兩隻手掌中間旋轉，木棒就鑽進磚裏，有黑色的粉末落下。輕輕的把木棒抽出來，磚上留下渾圓的洞，漂亮、自然，就像原來就生長在上面。我們發現用這樣簡單的方法可以刺穿看上去如此堅硬無比的外表，實在快樂極了。在我們身高所能達到的一段牆壁，佈滿了這種奇特的孔穴，看上去比上面的槍眼彈痕還要惹人注意。

有一天，里長來了，他指着我們在磚上造成的蜂窩，對外祖母說：「你看，這座樓確實到了它的大限，隨時可以倒塌。說不定今天夜裏就有地震，它不論往那邊倒都會砸壞你們的房子，如果倒在你們的睡房上，說不定還會傷人。你爲什麼還不把它拆掉呢？」

外祖母抽着她的水烟袋，沒有說話。

這時候，天空響起一陣呼嚕呼嚕的聲音，把水烟袋的聲音呑沒，把鴿子的叫聲壓倒。里長往天上看，我也往天上看，我們都沒有看見什麼。祇有外祖母不看天，看她的樓。

里長又說：

「這座樓很高，連一里以外都看得見。要是有一天，日本鬼子眞的來了，他老遠先看見你家的樓，他一定要開砲往你家打。他怎會知道樓上沒有中央軍或游擊隊呢？到那時候，你的樓保不住，連鄰居也要遭殃。早一點拆掉，對別人對自己都有好處。」

外祖母的嘴唇動了一動，我猜她也許想說她沒有錢吧！拆掉這麼高的一座樓要花不少的工錢。可是，她什麼也沒有說。

呼嚕呼嚕的聲音消失了，不久又從天上壓下來，墜落非常之快。一架日本偵察機忽然到了樓頂上，那刺耳的聲音，好像是對準我們的天井直轟。滿樓的鴿子驚起四散，就好像整座樓已經炸開。老黃狗不知道發生了什麼事，圍着樓汪汪狂吠。外祖母把平時不離手的水烟袋丟在地上，把我摟在懷裏。……

里長的臉比紙還白，他的語氣裏充滿了警告：「好危險呀！要是這架飛機丟個炸彈下來，一定瞄準你這座樓。你的家裏我以後再也不敢來了。」

這天晚上，舅舅用很低的聲音和外祖母說話。我夢中聽來，也是一片咕嚕。

外祖母呑吐她的水烟，樓上的鴿子也用力抽送牠們的深呼吸，那些聲音好像都參加計議。

一連幾夜，我耳邊總是這樣響着。

「不行！」偶然，我聽淸楚了兩個字。

我在咕嚕咕嚕聲中睡去，又在咕嚕咕嚕聲中醒來。難道外祖母還抽她的水烟袋？睜開眼睛看，沒有。天已經亮了，一大羣鴿子在院子裏叫個不停。

唉呀！我看到一個永遠難忘的景象，即使我歸於土、化成灰，你們也一定可以提煉出來我有這樣一部份記憶。雲層下面已經沒有那巍峨的高樓，樓變成了院子裏的一堆碎磚，幾百隻鴿子站在磚塊堆成的小丘上咕咕地叫，看見人走近也不躲避。

昨夜沒有地震，沒有風雨，但是這座高樓塌了。不！他是在夜深人靜的時候悄悄的蹲下來，坐在地上，半坐半臥，得到徹底的休息。它既沒有打碎屋頂上的一片瓦，也沒有弄髒院子。它祇是非常果斷而又自愛的改變自己的姿勢，不妨礙任何人。

外祖母在這座大樓的遺骸前面點起一炷香，喃喃地禱告。然後，她對舅舅說：

「我想過了，你年輕，我不留下你牢守家園。男兒志在四方，你既然要到大後方去，也好！」

原來一連幾夜，舅舅跟她商量的，就是這件事。

舅舅聽了，馬上給外祖母磕了一個頭。

外祖母任他跪在地上，她居高臨下，把責任和教訓傾在他身上：

「你記住，在外邊要爭氣，有一天你要回來，在這地方重新蓋一座樓。……」

「你記住，這地上的磚頭我不清除，我要把它們留在這裏，等你回來。……」

舅舅走得很秘密，他就像平常在街上閒逛一樣，搖搖擺擺的離開了家。外祖母依着門框，目送他遠去，表面上就像飯後到門口消化胃裡的魚肉一樣。但是等舅舅在轉角的地方消失以後，他老人家回到屋子裏哭了一天，連一杯水也沒有喝。她哭我也陪着她哭，而且，在我幼小的心靈中，淸楚的感覺到，遠在征途的舅舅一定也在哭。我們哭着，院子裏的鴿子也發出哭聲。

以後，我沒有舅舅的消息，外祖母也沒有我的消息，我們像蛋糕一樣被切開了。但是我們不是蛋糕，我們有意志。我們相信抗戰會勝利，就像相信太陽會從地平線上升起來。從那時起，我愛平面上高高拔起的意象，愛登樓遠望，看長長的地平線，想自己的樓閣。

87

# 看兵

抗戰是夏天發生的。秋天，家鄉變成戰場，父母帶著我和弟弟妹妹逃難，西邊有砲聲，我們往東走；北邊有火光，我們又往南移。一個有悠久歷史的家族，百里之內到處有親友照應，在小孩子心目中，這次逃難是一次自由活潑的長途旅行，只有做父母的知道憂愁。等到戰火推移到遠方，古城裏插上太陽旗，不斷傳來鐵絲網、流彈、刺刀和狼狗的故事，他們的歎息更沉重。一連幾年，我們只是遙望古城，飄流四鄉，無法回到老宅安居，可是出籠的小鳥從此野了心，開了眼界，把苔痕斑剝的四合房拋到九霄雲外去了。

那時候，我們興味盎然百看不厭的，是「過兵」。過兵是浩蕩的武裝部隊從你身旁經過，你一次可以看見那麼多的人、武器，聽到跟這些人這些武器有關的傳說，你是在享受新鮮的撞擊。正規軍不見了，代之而起的是數量更多的游擊隊，四鄉成了他們來往穿梭的運動場。一波又一波莊稼漢，髮根裏還藏著泥土，衣襟上還沾著雞糞，就挺胸昂首連綿不斷變成血肉長城。你每看一遍，就像再逛一次博覽會一樣，總能發現新的意義。

「過兵」的時候，連大人也跑出來看。「抗戰」的念頭是生命的酵粉，弄得他們心靈癢癢，從他們眼底一列一列經過的兵，正好做反復搔爬的梳齒。看那些勇士們，放下鋤頭，扛起過時的步槍，跟你穿同一式樣的衣服，操同樣的口音，分明是你的鄰人，可是你不認識他，一個也不認識。你覺得自己的世界何等狹小！只好目送他們如目送飛鴻，悠然神往。有時候，隊伍裏的人招招手，看兵的人就進了行列。有些正在耕田鋤草的農夫，看兵看得心動，竟丟下自己的鋤頭，丟下主人的牛，拍拍兩手泥土，尾隨滾滾人流，一去不回。

**隊伍總是愈走愈長，誰也猜不透到底有多長……**

那天是端節前一天。那天我們很愛國。那天我們用抗戰塡我們的心、用粽子塡胃。那天我們發現白娘娘比屈原更出名。那天人人都愛蛇，妹妹從鄰家學會了絞纏五色線，把一小段一小段五色線丟進水裏，等著孵化爲長蟲。那天每個人都忙，但是一聲「過兵了」使一切忙碌停止。我丟下竹葉、紅棗，奪門而出，朝著狗吠的地方、小孩子拍手的地方跑。

從我們眼前經過的隊伍是一條最長的蛇。他的頭已深深穿透東面的村子，轉一個彎兒向南面的曠野搖擺，他的尾部還盤在西面的幾個村子裏，一圈一圈放開、拉直。一條廢河兩岸垂柳掩護他的腰，隨著地形的起伏，蠕動骨環，向前延伸。

我看見迎面而來的是一隊紅纓槍，纓鬚像平劇舞臺上的鬍子垂著，染得血紅，使你聯想矛尖的用處：挑一個血淋淋的人頭。現在矛尖打磨得耀眼明亮，氣候雖然熱起來，矛尖上還掛著冰似的冷芒，冷芒加冷芒編成一張死白的網，網裏裝飾着盪漾著一汪一汪死紅。扛槍的漢子們鼓起胸膛，邁開大步，翹著下巴，兩眼傲然，一身優越感，看神氣，根本沒有把機槍大砲看在眼裏。旁觀的人激動了，拚命拍巴掌，孩子們朝著他們歡呼。這一點熱情化不開紅纓下面滿臉的僵硬，誰的眼珠也沒有朝我們瞟一下，這些人牢牢凍結在騰騰殺氣裏，不感無覺向前直奔。

望人流來處，又湧起層層後浪，人羣簇擁著馬，馬上高聳突出一個發亮的人，好像一團黑壓壓的雲捧著一尊神。我喜歡看馬，馬未到，槍隊先來。我也喜歡看槍，看槍身特別長的大蓋子，槍管特別粗的套筒子，槍膛旁邊多出一個方形鐵盒的漢陽造，槍托槍殼粗糙醜陋的單打一。準星和瞄準器都裝在槍身旁邊的「歪脖子」最能引起我們崇拜的心情，它是日本軍隊使用的機槍，沒處買，只有拚命從敵人陣營裏搶奪，一挺歪脖子代表一次大捷、一件輝煌的戰功。這些，我都看到了，可是這天最惹眼的還是一匹馬，在長槍短槍機槍護衛下，馬以最好的彈性走出俊美的姿勢。牠昂著頭，眼神從長長的鼻樑兩側落下來，一切蠻不在乎的神氣。馬毛整潔，像上了釉子。一身高貴的骨骼比美凝固的海浪，扭動的山嶺，相形之下，周圍的人都成了面目模糊的泥偶。

**一匹馬可以使一個人變成英雄。**

馬走得很慢，我們來得及端詳騎在馬上的人。緊貼著馬的肚子，一雙黃皮鞋插在鐙裏，青布夾褲的褲脚紮在綁腿帶裏。腋下佩槍的地方掛著望遠鏡，頭上迎著天光是一頂草帽和一付茶色太陽眼鏡。這是游擊隊裏少見的裝束，我們斷定他是個人物，劈里拍拉不停的鼓掌。那人朝我們望了一眼，隔著墨鏡照樣尖銳刺人。他翻身下馬，朝著我們走過來。儘管他站在平地上，還是有異樣壓力，異樣氣勢。

我有點害怕，忍住戰慄。

他伸出手來握每一個人。他的手溫和，不過那一雙又大又熱的手掌還是嚇了我一跳。

他的聲音在我耳邊響：「小兄弟，你爲什麼還不參加抗戰！」他不是問，是輕輕的責備。

我有幾秒鐘心神恍惚，說不出話來。等他放開手，我就轉身往回家的路上跑。

**爲什麼不去參加抗戰？我問自己。**

這個問題更使我心跳。

去問母親：「我爲什麼還不參加抗戰？」母親正煮粽子，滿院子竹葉的清香。她說：「去問你爸爸。」

偷眼看爸爸，他正在看曾文正公家書，一臉正氣，我不敢插嘴。

不去抗戰，也不能進學校，只有去寫父親規定臨摹的九成宮。

村長來了，一個翹著小鬍子的乾老頭兒。我豎起耳朵聽他說什麼。原來一部分游擊隊留在本村吃晚飯，村長來通知家家送飯。他說四四支隊在附近七、八個村子歇脚，也許今夜不走。

今天村長跟我一塊兒看兵，那個騎馬的人跟村長握過手。村長還自我介紹，說隨時準備效勞。

照老例子，我們這一家分擔五人份的伙食。雖說「我們吃什麼，他們也吃什麼，」沒錢的人家送出去的飯菜不能太壞，怕他們不高興；有錢人家供應的伙食也不能太好，怕他們吃饞了嘴。這也是老規矩，家家心裏明白。

母親說：「我們讓他們吃粽子好了，明天過節，這些人離鄉背井，今天應個景兒。」

有好幾個家庭拿出粽子來。粽子送到打麥場上，大漢們睜大了眼睛，聽得出有人嚥唾沫。這些大漢背後揷一把大刀，胸前兩枚手榴彈，是清一色的大刀隊。沒看到槍，有點失望，也有點悚然，暗暗擔憂：如果有一枚手榴彈「走火」爆炸了怎麼辦。

一個比我略高半頭的大孩子走過來謝我，他沒有帶刀，也沒有手榴彈，只在肩上掛一隻軍用水壺。他的衣服臃腫，手很熱，大眼睛又黑又精明。我跟大漢心理上有距離，總覺得他們咄咄逼人，尤其那個騎在馬上的人，可以用影子把人壓扁。

我跟這個大孩子馬上混熟了，他說他叫李興，半年前參加游擊隊。

「你們爲什麼不趁熱吃？」我指一指粽子。

「等我們司令官來。」他說。「你看見過司令官嗎？」

我搖搖頭。

「他叫石濤。你一定聽說過這個名字。」

我茫然。我只知道明末清初有個畫家叫石濤。

「你要記住這個名字，這個人的名字會寫在抗戰史上。」

他比我大兩歲。他能參加抗戰，我應該也能。爲了確定我的想法，我問：「你的年紀這麼小，怎麼敢出來抗戰？」

「小？」他盯住我，使我低頭發窘。「你以爲你小？日本鬼子把小孩子挑在刺刀上，再小也不放過！」

**我們已經夠大了，敵人的刺刀挑不動我們了。**

他輕輕拍我的肩膀，使我恢復自尊：「下一次見面，我希望是在抗戰的部隊裏。」

我思索怎樣實現這個願望，他又說：「你聽，我們司令官來了。」傍晚的鄉村很安靜，能聽見遠遠的馬蹄聲。「他很偉大，吃飯以前，他要到每個村子看看同志們，等到每一個同志嘴裏都嚼飯了，他自己才吃飯。」

他趕快回到那一夥大漢身邊去了。我注意看馬，仍然是那匹馬，馬上仍然是那個人，他圍着村子繞了一圈兒，察看地形，慰勉哨兵，仍然戴着茶色眼鏡。這時夕陽銜山，林下屋角已有暮色，眼鏡的顏色顯得很黑，連人帶馬都神秘起來。

所有的人都仰臉看他，一臉敬畏。

燈下，我有永遠摹不像的歐陽詢，父親有永遠讀不厭的曾文正，而村長有他永遠應付不完的官差。

村長說，游擊隊還沒有離開村子，看樣子，他們也許要宿一夜，村人要有心理準備。

話未說完，燈影下出現了李興。我以爲他來投宿，不是，他兩手按在肚子上直不起腰來，嚷肚子痛。我去攙他，看見他額角往下滾汗珠，蒼白的唇直打哆嗦。

「媽！」我情急的叫起來。

我一年四季有肚子痛的毛病，母親有處理這種病的經驗。她左手捧着一堆藥丸，右手端一碗溫開水，讓李興吞下去。

第二步，我搬來兩條長凳，並擺在客廳裏，讓李興躺在上面，解開衣服，露出肚子來。母親取一帖膏藥，在燈火上烤熱了，輕輕揭開，貼在李興的肚臍上，手掌壓下去，揉幾揉。我有經驗，知道膏藥的熱力，手掌的熱心，藥的香味，一齊透入內心，教人想哭。李興的眼角果然滾下幾顆豆大的淚珠。

「你怎麼還穿着棉衣！」母親嚇一跳。

「我冬天從家裏出來，只有這麼一套衣服。」

「你的身材比我孩子大不了多少。他有一套衣服太肥了，你換下來吧。」

「不行，」李興說。「我不能要，這是司令官的規定。我進來穿什麼衣服，出去還得穿什麼衣服。」

母親怔了一下，急忙到燈下去看她的手，用拇指和食指捏住一點什麼，教我掌着燈一同察看李興的衣服，又從李興的肚皮上捏起兩個蝨子。

「你身上全是蝨子。你的棉衣成了蝨子窩。這身衣服非換不可。」

「大娘，不能換，司令官會罰我。」李興的口氣簡直是哀求。

「你們司令官這麼厲害！」母親有些不服氣。「我有辦法，不能讓蝨子吃了你。」

吩咐我：「把火盆搬到院子裏，生一盆火！」

她拿一條被單蓋在李興身上，吩咐他：「把棉衣脫下來，我給你拆開，拿掉棉花，改成夾衣。」

我掌着燈，母親在火旁拆衣，一把一把扯下棉絮往火裏丟。棉絮着火，先劈里拍拉響一陣，像一串小小的鞭砲。蝨子在燒死以前，肚皮先炸開。一個蝨子一聲響。接着，火裏升起濁烟，有刺鼻的腥臭。棉絮燒完，棉衣賸下幾張布片，母親把布片放在澡盆裏，把蒸饅頭用的熱水倒下去，殺死蝨子在衣縫裏留下的卵。當年給弟弟烤尿布的竹籠已好久不曾用過，現在又搬出來，把布片烤乾。母親快速工作，轉眼間請來東鄰阿姨，西鄰阿婆，把書桌飯桌都抬到廂房，拼成一個特大的裁縫桌，半打洋燭同時點着，大家趕工縫李興的夾衣。

這天晚上，我跟李興談得很投機。談到興奮處，我的臉發熱，他的臉也褪去蒼白，鼻孔呼呼有風聲。我們談到我的家、他的家，我的母親、他的母親，談我到過的地方、他到過的地方，我的未來和他的未來。

**這天晚上，像探險一樣，我走進一個陌生人的世界。**

李興沒有父親，從小跟母親種菜過日子，住在菜園中間的小茅屋裏，生活很苦，最苦的是半夜有人來偷菜。

雖說是偷，其實等於公然搶奪，來者是身強力壯的男人，圍着小茅屋挖白菜，拔蘿蔔，脚下踩得苜蓿響。一個寡婦怎敢出門干涉，她只有坐在床上流眼淚，等那陣野蠻的踐踏成爲過去，等天亮了再去收拾菜圃裏的狼藉。

他們養了一隻狗，夜晚，狗留在門外看守菜園。半夜從狗吠中驚醒，有恐懼，也有安慰。但是，有一夜，狗在四圍叱罵聲和重擊聲中受了傷，不斷的尖嚎、不斷的衝鋒也不斷逃避。小茅屋裏，母子倆戰戰兢兢，比自己挨刀子還難受。好容易，等騷亂停止，李興的母親點亮油燈，悄悄把房門打開一條縫，狗沒命的鑽進來。半殘的燈火裏，狗流着血看她，她流著淚看那隻狗。

……………

這樣的日子怎麼過下去呢？

我覺得我已經不小了，我比一隻狗大得多，可以跟人家拚命了。我到鎮上去買刀。

在鎮上碰見我的老師，他知道我的處境，他也看見我的眼裏有火。他說：「刀給我，這把刀會要你的命。」

可是日子怎麼過下去呢？

「你的年紀不算大，也不算小，乾脆去打游擊算了。」老師說：「我可以介紹你進四四支隊。」

「我的母親怎麼辦？」我以爲，膝下母親一個人，豈不更受那些人的欺侮？老師的看法給了我很大的啓示：「你在家，並不能幫助你的母親。你如果離開家去打游擊，你的母親反而有了仗恃。那些游手好閒的人不敢再偷你家的菜，他們怕你有一天騎着高頭大馬回來，用馬鞭抽他們的臉。」

……………

第二天夜裏，李興在他母親枕頭底下偷偷塞了一封信。走到菜圃旁邊的小徑上，他拍了拍那隻狗。

說到這裏，李興的眼睛很柔和，聲音也很柔和，跟白天的李興好像是另外一個人。我很喜歡晚上的李興，這天晚上，我不斷的想他，也不斷的想我。

李興看見過日本兵殺人：先強迫待決之囚自己挖好一個坑兒，再強迫那人跪在坑邊，像照鏡子一樣望着坑底。小日本兵站在他背後，雙手掄起軍刀。那個已經知道自己命運的人，閉緊眼睛，等着受死。可是揮刀的人需要對方伸直了脖子挨刀，他早知道應該怎樣做，他的馬靴旁邊已預備好一桶清水。他把軍刀挿進水中，迅速提刀，刀尖向下，對準那人的後頸，晶瑩的水珠從刀尖滴下來，流進那人的衣領裏。那個可憐的人什麼也不知道，只覺得脖子發涼，就本能的收緊肌肉，既而知道是一場虛驚，又本能的放鬆。這時，他不知不覺伸直了脖子，這時，他頭上的刀勢一變，刀光一閃，突然不見人頭，突然兩肩中間有一個圓形的白色斷痕，突然斷痕變紅，血像泉水湧出，無頭的身體向前傾倒，掉進他自己挖好的坑裏，他的頭顱先在坑裏等他。由軍刀從水桶裏提起，到人頭從脖子處斷落，又快又準，簡直來不及看清楚。

我連一個日本兵也沒看見，只見過他們留下的靴印。

李興玩過游擊隊打鬼子的遊戲，兩隊兒童廝殺，勝的追，敗的逃，一溜烟鑽進茶館的桌子底下。喝茶的顧客喝住孩子們，仔細盤問：

「誰扮游擊隊？」

孩子們從桌子底下鑽出來，挨大人的一頓申斥：

「既然扮了游擊隊，就不該這樣禁不起打。」

扮演日本兵的一方更慘，要不是躲得快，準會每人挨一個耳光。一頓罵當然是免不了的：「沒出息！什麼不好扮，偏要扮日本鬼子！你們既然扮鬼子，就該讓游擊隊打勝，居然有臉追到這裏來！」

我沒有扮演過游擊隊，每天只臨九成宮。

李興進游擊隊不過半年，就立過一次大功。他說：

有一次夜行軍，我們在一條山路上快步行走，路旁山坡長着很深的茅草，草葉在微風裡細碎的響着。走到一個地方，我的心一動，停下來想。小隊長催我跟上隊伍，我貼近他的耳朵：

「草裏有人。」

「怎麼知道？」小隊長很驚訝。

「風裏有一陣臭味，是一個人正在大便的氣味。」

風是從草頂上吹過來的。小隊長用力吸他的鼻子。他知道，那人蹲在草叢中絕不是爲了拉野屎。

小隊長報告中隊長，中隊長又報告大隊長，大隊長說：「也許草裏不止一個人。」他把機槍班從隊伍裏抽出來殿後，命令機槍向草叢掃射。

「饒命！」草叢中有人叫喊。

「繼續掃射！」

機槍向發出叫聲的地方擺頭，吐火舌。

一個人影從草尖上冒出來，高高舉起雙手，但是身體沒法站穩，扭了兩扭，倒進草裏。

「繼續掃射！」

草中再沒有動靜，這才聽見宿鳥驚飛，亂作一團。槍聲的回音向山下的村落人家撲過去，再回來刮人的耳膜。

事後，大隊長當衆把李興大大誇獎一番，說他的機警可以做大家的模範。

唉，我呢？

**現在還不參加抗戰，抗戰一旦勝利了，你會後悔一輩子。**

我像一個汽球，李興朝我裏面吹氣。吹滿了空氣的氣球再也安靜不下來，只要再吹一口氣，我就要飛、要炸了。

當李興穿好他的「新衣」時，我下了決心，悄悄對他說：「我要參加你們的隊伍。你們離開村子的時候，我跟着走。」

「好！我替你安排！」他伸出手。

「好！謝謝你！」我握住他的手。

一覺醒來，窗紙上洒滿太陽。心裏一急，來不及洗臉就往外跑，暗暗埋怨李興怎麼不來叫我早點兒起身。

打麥場裏人影不見，只有透明的陽光。我暗笑自己的慌張！他們怎會在打麥場裏過夜呢？

正思量到什麼地方去找李興，驀聽得背後有人：

「都走光了？」

「都走光了！」

轉身看見村長和父親站在場邊，指指點點。

「大隊人馬半夜開拔，雞不叫狗不咬，他們好厲害！」父親說。

村長走進打麥場中央，向四處察看：「他們昨天晚上在這裏吃飯，現在你看，地上連一顆飯粒、一片粽葉也沒有，收拾得乾乾淨淨。」他又到場邊圍着草堆走：「連一把草也沒少，地上連一根亂草也不見。他們吃過粽子，把粽葉洗得乾乾淨淨，疊得整整齊齊，還給人家。太厲害啦！」

村長的臉色很沉重。

父親的臉色很沉重。

我讀不懂他們的臉色。我只知道：李興走了！沒有解釋，突然無影無踪，跟昨天晚上完全連接不起來。我陷入一陣莫名的悵惘……。

107

# 青紗帳

在這裏，我要記下我並不喜歡而又終身難忘的兩個人物，一個是游擊隊三九支隊的一位中隊長，他大概姓張，也許姓劉，事隔多年，姓名模糊，掛在他右頰下面的一個血瘤却愈久愈清晰，像一枚熟透了的茄子沉沉下墜，拉得鼻子眼睛都向右斜去。另一個，綽號「娃娃護兵」，一張娃娃臉，整天背著盒子砲東奔西走傳達司令官的指示，跟中隊長的交情好極了。我爲什麼既不喜歡他們而又忘不了他們呢？那是因爲這裏面牽涉到一個女人；是因爲夏季華北漫天遍地都是望不盡穿不透的高粱田。說來話長。

那年高粱正在抽穗，我開始了久已躍躍欲試的抗戰經歷。高粱比任何軒昂的大漢還要高，汪洋遍野，裏面藏得下千軍萬馬。這季節，日本兵躲在城裏擦砲，不敢出門，游擊隊趁機會縱橫四方，從一片無涯無際的植物海裏漂游而上，潛隱而去，無所不至，無所不在。那年頭，誰家裏窩藏著一個年輕人是誰家的罪惡，這種壓力把我擠出來，擠進高粱地裏，跟著長工摸摸索索尋找三九支隊的司令部。平時想起來，三九支隊就在眼前，一旦要找他，誰知竟十分艱難，東奔西走，你看見的只是高粱，森嚴羅列的高粱，不透風不透光的高粱，夾壁牆似的高粱，迷宮一般的高粱。高粱圍困我，封鎖我，我屈身在千重青萬重綠解不開掙不脫的包裹裏，跟世界隔絕。我懷疑我置身另一空間，永遠找不到三九支隊，也許等我衝出網羅，世界已經變了樣子，也許抗戰勝利，也許所有的游擊隊都已解甲歸田。也許根本沒有三九支隊，根本沒有抗戰，所有的只是高粱，高粱，高粱。

中隊長是一個黑黝黝的漢子，依鄉村的標準看，他算是一個胖子。他的右腮掛著一個軟皮的瘤，像是口袋裏咬著一個錢袋。我幾乎在沒有看見他這個人之前，先看見那個著名的血瘤。他說話的時候，用右手托住那東西，以便唇舌運用自如。望著這個人，我心裏有兩個疑問：第一，既然有這麼大的血瘤消耗他的精血營養，他怎麼還能這麼胖？第二，游擊隊經常跟敵人捉迷藏，他拖著這麼大的累贅，怎麼跑得快？可是中隊長用自負的口吻對我說，他是一個優秀的游擊隊員。

「小兄弟，你要處處聽我的話，事事跟我學，你才可以長命百歲，熬到抗戰勝利還活著。司令官交代過，要我收你這個學生，訓練你能游能擊，最不濟事，你也得能游。」

我只有唯唯稱是。

他把我帶到村外，登上一座高崗，望那天連地、地連天的高粱。陽光射在高粱的葉子上，反射成萬點火花，風過處，火花跳躍，幾乎使人睜不開眼睛。他指著一片原野：「你來打游擊，第一件是要學會鑽青紗帳。要做到鑽進去，鑽出來，敵人逮不著你，太陽曬不昏你。你要在裏面分得清東西南北，找得到自己的營房，不要瞎撞到四四四支隊去，教人家活埋了！」

「四四支隊？」我吃了一驚，想起這支隊伍在我們莊上住過一宿。那一宿，我結識李興，引發抗戰的衝動。

他沒注意我的震動，揮手說一聲「走！」帶著我下了崗子。我跟他走進高粱地，左轉一個彎，右轉一個彎，小掛兒被汗水浸透了，緊緊貼在前心後背上，好不難受。中隊長倒是一個很認眞的教官，他一再糾正我的姿勢，使我在行走中盡量不要碰動高粱桿兒。他教我怎樣利用日影分辨方位。他說，如果渴了，可以找一顆只長葉子不抽穗子的高粱，它的桿兒是甜的。他沾沾自喜的說，如果有人追他，他可以利用高粱桿兒把對方絆倒。他要表演給我看。於是他在前頭跑，我在後面追，他突然蹲了下去，不知怎麼，兩棵高粱橫在我的脚前，我一頭栽下去，滿臉是土。

「好了，今天到此爲止。」他把我從地上拉起來。「我走了，你留下，呆一會兒自己找路回去。」

望著一排一排高粱桿兒遮沒他的身影，心情輕鬆了許多，脫下了小掛，把汗水擰乾，又用它把身上的汗擦掉，覺得涼爽一些。可是我馬上嘗到孤單的滋味。這是植物的世界，我站在裏面完全是多餘的。我不知自己置身何處，不知該往那裏走，從一棵一棵高粱的隙縫中遠望，密密麻麻的高粱織成帷幔，你總以爲揭開帷幔，到了盡頭，其實一層帷幔後面還是一層帷幔，帷幔後面還有帷幔。

**「青紗帳！」這個名字一點也沒有錯！**

這是游擊隊天造地設的護身術，一向憑砲兵和騎兵致勝的日本兵，難怪要束手無策。天地茫茫，他的砲往那兒打！如果他們騎著馬在高粱地裏馳騁，單單是高粱桿就可以抽得他鼻青臉腫，高粱葉子會割得他兩臂血痕。每一棵高粱都會監視他，反抗他。對於敵人，每一棵高粱都是猛士，都能捲地而來，一擁而上。

**想到這裏，我覺得每一棵高粱，一山一水一樹一木，都無比的親切。敵人連草木都不能征服，又怎能征服山川草木的主人？**

忽然，帷幔後面傳來了人聲，驚得我汗意全消。我連忙蹲下，傾耳細聽。

不錯，前面有人，是中國人。雖然聽不清楚說些什麼，但是可以斷定是中國人的聲音，說的是中國語言。

那麼，四四支隊？

我聽見第二個人的聲音，是個女人。我站起來，沒有什麼可怕的事，男女輕聲細語，情況一定不會嚴重。

鬱悶的空氣裏有一股汗液的氣味，和一陣低低的呻吟。

輕輕向前，揭開一層青紗，地上躺著兩個人，兩個肉體，但是只有一顆頭。在一片青綠的背景下，露著人類血肉獨有的淡紅，顯得特別赤裸。

再揭開一層紗，看得比較清楚，是兩個人，兩個頭，可是只有一個身體。於是我再揭開一層紗。

他們的身體下面鋪著很厚的高粱葉。由於他們多汗的軀幹在上面滾動了很久，斷葉亂七八糟的貼在身上，像是原始人的文飾。

女人長長的黑髮，一半黏在自己的肩上，一半黏在男人背上，在太陽下晶瑩有光。

女人轉頭，在濃黑和濃綠之中，我看見她清澈的眼白。她發現了我，驚慌的推那男人。

男人也看見了我，他跳起來，抓起地上的衣服，像一隻突圍的獸那樣鑽進高粱棵裏，不見了。

臜下的一個也迅速起身，她不逃，朝著我向前一步，帶著滿身的高粱葉，滿身的亂髮，滿臉的汗，也許還有淚，直挺挺的朝我跪下，仰臉看我。

驚慌無措的反倒是我。

我把脚一跺：「你還不快走！」

「我的小爺，你得把衣服給我！」

我這才發覺，無意中把她的衣服踩在脚下了。連忙退後一步，把地上的褲褂踢過去，她雙手抱住。

她倒是不跑，轉身過去，以背向我，舉起雙手整理頭髮，肌肉隨著動作彈動，看得我心驚肉跳。她又從容揭掉貼肉的高粱葉，凡是頭髮和高粱葉壓過的地方，特別紅艷，像是一道一道的鞭痕。我立刻斷定她受了委屈，在鄉下，很不容易看得到像她這樣姣好的女人，她却沒有美滿的生活。

她穿好了衣服，去收拾地上的高粱葉，用繩子捆好。我才明白她爲什麼不逃，她是藉「打高粱葉」爲由出來幽會的，得把這東西帶回去做個證明。她的生活裏面也需要這些東西：編蓆子或者曬乾了引火。

臨走，她狠狠的對我說：

「今天的事，教你撞破了。你要是告訴別人，我就死！」

娃娃護兵住在司令官隔壁的一個小房間。司令官要找他，就用手杖敲墻。司令官吩咐我在娃娃護兵的房間裏搭幾片木板，住在裏面。有了伴兒，「娃娃」很高興，我在房裏，他可以多偷些時間到外面遊逛。司令官敲墻的時候，我就跑過去應付。

娃娃護兵也常常帶著我四處走動，他說：「你跟我一起，大家知道你是支隊部的人，不再拿你當外人。游擊隊沒有制服，沒有符號，每個人憑一張臉。多露臉，少誤會。」

他有理由。但是跟在他後面，他有一個習慣使我受不了，見了年輕女人，他就露出色鬼的樣子來。

有一次，他跟在一個小媳婦後面叫「嫂子」，嘴裏不乾不淨。小媳婦起初不理他，後來氣極了，回過頭來罵了一聲「不要臉！」雖然罵的不是我，我的臉先紅了，娃娃護兵却高興萬分，對我說：「罵得好！她肯罵，我就有希望！」

他愛唱小調。有一個小調，他唱得次數最多：

手把著肩膀叫了一聲哥兒啊，
你不要忘了我啊！
手摸著大腿叫了一聲妹兒啊，
誰能忘了誰啊！

有時候，聽來很纏綿，但是他在井旁望著打水的大姑娘唱，腔調就邪淫了。他喜歡到井邊看女人，來打水的女人都年輕。他說，女人使勁提水的時候，他能隔著衣服看清她們全身的肌肉。

一天，井口只有一位姑娘，她聽見娃娃護兵的小調，紅著臉，低著頭，用小碎步回家去了，丟下兩罐清水在井邊沒有帶走。我催娃娃護兵離開，他不肯。

「她總要回來找她的水罐子。」他說。

可是她沒有回來。娃娃護兵解開褲子，朝著她留下的水罐裏撒小便。

「你這是幹什麼？」

「過癮！」

我不懂他說什麼，只是覺得可恥。

我們大概是前世宽家。如果不跟他在一起，覺得孤單，跟他在一起，又處處受他連累。

中隊長給我弄到一枝馬槍，五發子彈。馬槍是騎在馬上使用的一種武器，長度比步槍短，重量也比步槍輕，對我這個半大不小的隊員比較適合。

他花了一個小時的工夫教我裝子彈，瞄準，扣板機，然後說：「行了，今天夜裏，我帶你去放哨。」

放哨！

手裏有了一枝槍，雖然僅僅是五發子彈的馬槍，那滋味眞夠刺激，加上放哨，更興奮得難以入睡。娃娃護兵不知到那裏去了，我抱槍獨坐，望窗外的一天星月。人，有了一支槍以後，跟以前徒手的時候不再是完全相同的一個人。有什麼東西在我的血肉裏作怪。我撫摩著懷裏的槍，任自己悄悄的膨脹……膨脹……

槍身是那樣可愛的光滑，手握的部份恰恰均勻滿掌，整條槍給你的感覺是柔順服從，它聽命於人，成爲人的另一個肢體。我摸遍槍身，到達槍口；在黑暗中，這是深不可測的凶險之地，我好像俯瞰一座隨時可能爆發的火山，惟恐它轟然出聲。我愈看愈怕，愈怕，又愈想多看一眼。

終於，我依照中隊長教導的方式，端平槍身，槍口向前。在我想像中，那懾人心魄的力量，正逼得黑暗步步後退，逼得這小小房間的四壁一丈一丈移開。我是坐在一座大廳的中央，燈火輝煌，不見阻隔。

中隊長，娃娃護兵，我，三個人出來放哨。

「娃娃」在前，中隊長居中，我最後，我們圍着支隊部轉了一圈兒，惹得附近人家狗叫，狗叫引起狗叫，連遠處的狗都在叫，鄰村的狗也叫，叫得人好不心煩。好在我們的目標不是支隊部。我們登上村前的高崗。

第一個感覺是好涼快！月光星光塗個滿身，每一個毛孔都愉快。

居高臨下，握著槍，品嘗握著權力的滋味，想飛。

高粱是一片銀灰，村莊是一叢黑。人人都睡了，高粱也垂著頭打盹兒。蒼天永遠不睡，俯瞰這季節性的植物海，如抱幼子，宇宙間瀰漫凜不可犯的氣概。

我們離天最近，我們也不睡。我們有凌駕一切之上的驕傲。

這裡也不是目的地，中隊長揮揮手，示意我們跟他走。

娃娃護兵和中隊長並肩，一路交頭接耳，把我撇在後面。

我一個人獨享我自己的秘密樂趣。小時候，家人不准我接觸黑暗，我聽到的次數最多的命令是「那裏很黑，不要去。」黃昏來了，我一步步後退，從城外退到城內，從街道退入家宅，從院子退入室內，退得不甘心，也退得很快，夜是我的監獄，黑暗像一堵墻封死門窗，使我窒息。

我早想在這堵名叫「黑暗」的墻上鑿一個透光的洞。

**今晚，我衝破黑暗了，我踐踏黑暗了，我刺透黑暗了！**

我有槍，有子彈。子彈比我的手臂長千倍，可以挖出黑暗的心臟，以隆隆巨響宣布黑暗的死訊。

我是手持魔杖遨遊四海的法師。

我如潛艇刺穿了水。

我如飛行員刺穿了大氣。

我像他們一樣快樂。我到底長大了，獨立了！

可憐，我眞的獨立了嗎？

中隊長來到一棵大樹底下，站住。

我也在樹下站住。

站在這裏做什麼？我不知道。我想，總有該站住的道理。

他倆盯著一間小茅屋死看。

我也目不轉睛的看。

想看見什麼？我也不知道。

中隊長一拍娃娃護兵的肩膀，往前推他。

他上前敲門。

屋子裏面沒有反應。

他拾起半截磚頭來，敲得比鼓還響。一面敲，一面狠狠的說：「開門！再不開，手榴彈丟進來了！」

「誰呀！」屋裏有女人的聲音。

「查戶口！」娃娃竭力使他的聲音粗暴。

原來放哨還負責戶口，我沒想到。

「等一等！」裏面有些慌張。

娃娃護兵一點不肯放鬆，拿磚頭去砸窗戶，一陣嘩喇嘩喇，窗紙全震破了。

吱呀一聲，開了門，不見有人。中隊長開了腔：

「先把燈點著！」

門裏窗裏飄搖著暗紅色的光燄。中隊長吩咐我：「你在這裏守著！」

他倆一擁而入。隔著窗子，傳來一陣簡短的問答，之後接著是劇烈的爭執。原來小茅屋裏面還有一個人，一個男人，他並不是女人的丈夫。

他是幹什麼的？

「漢奸！」中隊長下了判斷。

這是攸關生命的判斷。那時代，游擊隊在防區內捉到擅自出沒的漢奸，可以就地活埋。奇怪，這嚴厲的指控提出之後，爭辯反而停止了。如果他是清白的，他應該叫起來。可是，他沒有，她也沒有。一陣沈默。中隊長確已擊中他們的要害。看樣子，他們準備接受命運的一切安排了。

「好吧，」女的說：「你要怎麼辦就怎麼辦。」

「娃娃」招我進屋。「漢奸」，短褲短褂，胸膛敞露，周身五花大綁，繩子把肌肉擠得凸凹不平。女的坐在床上，裹在被單裏，肩膀以上裸露著。

昏沉的燈光射在她身上，變成溫潤的色澤，在這個骯髒紊亂的小茅屋裏，她像是遺失在垃圾堆上的石膏像。

她的目光和我的目光相遇，剎那間，她認出了我，我認出了她。

她就是在青紗帳裏上演的那一幕艷情的女主角。

男主角呢？難道就是他嗎？

我望望他，再望望她，她的眼裏突然露出鄙夷不屑的神氣，轉臉看墻。

我像挨了耳光一樣沮喪。

我自問沒有得罪她，我自問一向對她懷著善意，我自問一切都不是我的錯，她爲什麼要侮辱我呢？

糊裏糊塗中，娃娃護兵匆匆把一樣東西放在我的手裏，我糊裏糊塗握牢了，糊裏糊塗連同那個男人一齊被他推出門外。

門關了，我弄清楚手裏握住一根繩子，繩子的一端綑著那個男人。

我想起，當「娃娃」推我出門的時候，中隊長說過「把他拴在樹上！」

我像拴牛一樣拴他。他說：

「小兄弟，放開我吧，我以後絕不再來。」

「你是漢奸，怎麼能放你！」一提起「漢奸」，我又挺起胸膛來。

第一天放哨就捉到漢奸，太美妙了！等我老了，我要把今晚的事講給下一代聽，讓他們睜大了眼睛羨慕我。

明天，整個支隊部，整個大隊，都會知道我親手把一個大漢奸拴在樹上，我一定立刻變成一個小英雄。誰還敢再輕視我？

對於立功的人，司令官一向有賞。他大概賞我兩塊袁大頭。兩塊銀幣在口袋裏叮噹摩擦是一件教人開心的事情。不過，我要用這筆錢去買子彈，請中隊長教我打靶。我要練成一個神槍手，一槍打斷一棵高粱。

我正在躊躇滿志，那個名叫「漢奸」的人插進來：

「我想起來了！你就是在高粱田裏撞見我們的那個小兄弟吧？你把我們的事告訴中隊長，又帶著他來欺負人，是不？一個還不夠？還要帶來兩個！你害死人了！年紀這麼輕，怎麼不知道積德呢？」

聽得出來他在罵我。一個「漢奸」還敢這樣沒禮貌！我知道，漢奸，尤其是捆成一團的漢奸，你儘管打，我狠狠用槍托搗他。

「你這個小傻子！」那人却並不怕打。「你以後會長大，你以後會懂事。等你懂事了，你就知道我並不是漢奸。傻瓜，你怎麼不想想，他們兩個關起門來在裏面幹什麼？」

是啊，他倆怎麼還不出來呢？

門關得緊緊的。

窗櫺一片黑，燈早已熄了。

月亮西斜，他們出來，中隊長對「娃娃護兵」說：「放了他。」

「娃娃」對我說：「放了他！」

我說：「他是漢奸！」

「娃娃」不理我，自己動手解繩子。

我望望中隊長，中隊長望天，一隻手托住血瘤。

在「娃娃」鬆綁的時候，那人沒命的說：「謝謝，謝謝。」

繩子掉在地上，那人摩擦兩臂，抖動雙腿，活動血脈。中隊長開腔了，眼睛仍然望天：「你還不快滾？」

「是，是，」他是四肢能夠伸屈自如了，跪下磕了一個頭。

「這兒不許你再來！」

「是！我再也不來。」

望著他的背影，我著了急，一把拉住娃娃：「你怎麼把漢奸放了？」

「誰說他是漢奸？」

「中隊長說的呀！」

「我並沒有說他一定是個漢奸，」中隊長接過去：「我只是說，他有嫌疑。現在查清楚了，他並不是。好了，回去吧！」

回程中，我一路悶悶不樂。漁夫看見大魚破網而出，大概就是這種心情。我總覺得那人是漢奸，不該釋放。

娃娃護兵連盒子砲都沒解下來，就把身體抛在床上，心滿意足的說：

「今天夜裏，我幫中隊長報了仇。」

「報仇？」

「有一次，中隊長獨自一個去找那個小娘兒，被人家伸手抓住了瘤子，一動也不能動。今天夜裏，哈！」

朦朧中，有誰在說：「快去看看啊，那小寡婦自殺了！」在半睡半醒中聽來，聲調十分怪異。

我一躍而起，門外已被陽光烤得很熱。隊員們三三兩兩朝同一方向走去。

「她在自己屋子裏上吊死了，眞可惜，那麼漂亮！」

「去看看吧，這是最後一眼了！」

我緊跟在他們後面，想看個究竟。我望見大樹旁邊的小茅屋，停住脚步。無須再往前走了，我已經知道死者是誰。

我現在才知道她是個寡婦！

她一定恨我。在青紗帳裡，她狠狠的說過：「今天的事，你要是告訴了別人，我就死！」她，還有「漢奸」，都以爲是我搗的鬼。寃枉啊，寃枉！天曉得，地曉得！我得買香、買紙，到她墳上去祝告，請她去問問天，問問地！

# 敵人的朋友

「自掘墳墓」，很多人用過這句成語，他們可曾想到，「墳墓」果然由將死者親手挖掘？

在抗戰時期，敵後游擊隊對罪犯執行死刑，從不浪費子彈，那時候流行的辦法是活埋。那些莊稼漢喜歡這個辦法，他們給這種辦法取了一個代名，叫做「栽」。

在那個時代，「活埋」是被當做一個「節目」來舉行的。一小隊槍兵，他們是監刑的人，也是行刑的人，押著死囚，招搖過市，由死囚自己扛著挖坑的工具。這個頗不尋常的隊伍引來成羣的觀衆，觀衆遠遠跟在後面。然後，是成群的狗。

理想的刑場有兩個條件：第一要不種莊稼，第二要有一棵大樹。死囚是被繩索綁緊了的，行刑的人使用一種特殊的方法結繩，使他的兩手兩臂可以工作；長長的繩索另一端拴在樹上，使他無法逃亡。

「挖！」帶隊的人下了命令。

監刑的人隨手帶著鞭子，如果死囚拒絕服從，這些莊稼漢就用他們多年來驅策牛馬訓練出來的鞭法，使任何倔強的人馴伏。這時，觀衆可以看見他們預期的第一個高潮。在他們聽來，鞭子的尖梢所爆出來的響聲，比槍聲要悅耳得多。不過這高潮通常並不出現，死囚多半立即奉命行事，絕不遲疑。

死者的工作是挖一個坑，深度恰好托住他的下巴，把頭顱留在坑外。這個坑的面積，又需要他站在坑底掘土時能夠揮動工具。雖然將死者多半也是農民，有多年種樹開溝的經驗，幹起來也很吃力。幸而行刑的人頗爲慈善，會給他一個短柄的銳利的鐵器，縮短他的工時。

看哪，他挖得多麼勇敢，多麼努力！

看哪，他的手心磨破了，木柄上有他的汗也有他的血。看哪，從他額上串珠而下的是他的汗，不是淚。他的淚都化成了汗。……

坑挖得差不多了。

「等一等，你站直身子比比看。……再挖三寸。」

等到領隊的人說：「好了，不要動！」死囚的手脚又被綑得牢牢的，全身上下綑成一根肉棍。行刑的手法眞和栽植樹苗相近，人揷下去，四面塡土，幾十隻脚在鬆軟的土壤上加壓擠緊。塡平了，地面上只露着一顆腦袋，確實像是栽在那兒的一根肉樁。

這顆頭顱，那裏還是萬物之靈至尊的表記？它浮腫了，膨脹了。他逐漸不能呼吸，血液向頭部集中，一張臉變成彈指可破的汽球。他的嘴唇向外翻轉，舌頭拖得很長，舌尖沾土，眼珠從眼眶裏跳出來，掛在鼻子兩邊。這時候，觀衆知道他已不足爲害，就密集的聚攏過來，圍成一個圓圈兒，仔細看這第二個高潮。他們的狗也擠進來，朝著人頭伸長了舌頭打轉兒。

行刑的那一小隊人馬裏面，有一個眞正的專家，他的腰帶裏插著一把小小的鐵鎚。他的工作是，最後在那顆擺在地面上的頭顱頂端找一個標準的位置，猛敲一下。他敲得不偏不倚，不輕不重，恰好在正上方造成一個小洞。走投無路的血液，從這裏找到出口，一條紅蛇竄出來，嘶嘶有聲。只要這個專家不曾失手，血液會從小孔裏先抽出一根細長的莖，再在頂端綻一朶半放的花。死因在提供了最後最可觀的景色之後，紅腫消褪，眼球又縮進眼眶內。群犬一擁齊上，人們則向相反的方向走散，一面走，一面紛紛議論，稱讚最後一擊的手法乾淨利落。

三九支隊的司令官是一個慈善和藹的紳士，從來沒有下過「裁人」的命令，他的部下閒談時，總覺得在這方面未免太不如人。我當初到三九支隊報到，一眼看見個面團團沒有鬍鬚的中年胖子坐在那兒，幾乎以爲是個兒孫滿堂的祖母，一點也不像兵凶戰危的指揮官。他賣地買槍，毀家救國，部下從沒看見他發過脾氣。

「慈不帶兵，司令官早晚要開殺戒。」他的部下在嚮往殺戮流血的刺激時，總是這樣判斷。

司令官懂得很多事情：他懂得孔子和老子，年命和風水，把脈和看相，這幾天，他很注意別人的臉，有人從他面前走過，他總要仔細端詳幾眼。

「你有什麼地方不舒服嗎？」他問中隊長。

「啊，沒有。」

有一天，他問大隊長：

「你看，敵人會不會來摸我們？」

「這……這，怎麼會？」他說話有點口吃。「現在到處有青紗帳，是敵人挨……打的時候。」大隊長覺得奇怪：「團長怎麼想到這……這個問題？」

司令官以前的名義是團長，大隊長還是沿用老稱呼，他惟恐自己一時口舌不靈，「司……司……」的怪難聽。

「我看隊上有幾個人的氣色很壞，好像大禍臨頭的樣子。」他慢條斯理的說。

「哦！」大隊長恍然，聲音裏有些不以為然。

「大兵之後，必有凶年，也許會有傳染病。」司令官推演他的理論。「告訴他們，飲食小心。」

東，東，司令官用手杖敲墻。「娃娃」不在屋子裏，我跑過去。

「娃娃又跑到那裏去了？」不等我編好謊言，他又追問一句：「他近來常常不在屋子裏，幹什麼去了？」

我很難啓齒，我不能告訴他，娃娃跟中隊長到處遊蕩。

「你告訴他，他的相正要走霉運，教他處處小心自愛。」司令官好像知道一些什麼。

娃娃那裏肯聽這些話，這天夜裏，他整夜沒有回來。

夜不歸營是一件大事，第二天引起整上午的議論，而且，大家發現中隊長也不見了。

這兩個人，經常聯手去做別人不敢做的事，半夜出出入入習以爲常，可是，吃午飯的時候還不見影兒就教人覺得可怕。如果從此不能回來，外面的風險可怕；如果下午回來了，內部的紀律可怕。

到處都是青紗帳。青紗帳這玩藝兒，固然給你一些安全感，同時也使你心驚肉跳，對外面的世界興起陣陣猜疑。它是一件緊身馬甲，貼在身上，保護你，也使你呼吸困難。

尤其到了夜間，黑森林一樣的高粱地就是一座大陷阱。就算要做亡命之徒，也犯不著半夜三更到迷魂陣裏去探險啊！

他們不是傻子，不會那樣做。

也許，這兩個人逃走了，脫離了三九支隊，不再回來。

到那裏去了呢？

去投鬼子啊！

投鬼子有什麼好處？

玩女人方便啊！那是兩隻吃屎的狗，當然要進廁所。

人多，什麼樣的意見都有人提得出來。中隊長和娃娃都跟司令官有幾代的關係，多數人判斷他們不會背叛。

他們恐怕被別的游擊隊抓起來了。中隊長拖著大瘤子，跑不快；娃娃帶著槍，跑不掉。說起來，大家都是抗日武力，這樣會傷和氣，可是娃娃隨身帶著那麼好的一支槍，任何一個懂槍的人見了都會眼紅。

那是一把德國造的自來得手槍，一次可以連發廿粒子彈，還是新槍，槍身閃著藍色的光澤，槍口只呑得下半個子彈頭。兩百發子彈粒粒一塵不染，每一粒都上過天平，重量相等，連發時從不啞火，從不故障。槍聲特別淸脆，教人聽了心癢忘死。這把槍是稀有的寶貝，司令官說要是丟了它，等於丟了半條命。

娃娃會回來，可是槍不會跟他一塊兒回來。這一派意見占了上風。

失槍的娃娃，還敢不敢回來？

我躺在床上想娃娃的相貌，想來想去，一副討人歡喜的天眞模樣。司令官說他走霉運，我一點也看不出來。

隔壁司令官那兒突然有人嚎啕大哭，我嚇了一跳，我得跑去看看。

一個人跪在司令官脚前，渾身泥污，哭得兩肩聳動。誰說司令官不會發脾氣？他猛拍桌子大罵「混蛋」，一脚把那人踢翻在地上。

他是娃娃！

司令官氣呼呼的站起來，嚇得我縮回自己的屋子，耳朵貼在墻上偷聽。娃娃狼狽的回來，被許多人看見了，我的小屋裏擠滿了來「聽」熱鬧的人。

「到底是怎麼一回事，你老——老實——實講出來。」大隊長的聲音加入。「對團……長講話，不要隱瞞。」

一種混合著悲痛和恐怖的叫喊震撼了所有的人：「中隊長教人家栽了！」

片刻，隔壁沒有聲音。我相信司令官和大隊長的臉色都慘白。

「誰幹的？」司令官的聲音變了調。

「四四支隊。」

「我跟他們井水不犯河水，怎麼會？」

「中隊長帶我到前村去，跟他們撞上了。我們不知道那裏有四四支隊的人。」

「這麼說，四四支隊向我們這邊兒擴充了？」這句話好像是對大隊長說的。然後，「你們到前村去幹什麼？」

娃娃又哭起來。司令官用手杖抽他，手杖清晰的折斷了，半截掉在地上。

「你不要怕，」大隊長說。「你要一五一十詳詳細細告訴團長，到底發生了什麼事。團長知道了，好決定怎麼應付。應付情況是大事，打你是小事。」在這緊要關頭，中隊長的舌頭忽然不打結了，他說得很慢，很吃力，但是聽起來很誠懇。上面幾句話隱隱規勸司令官，好像立時發生了作用。「你說實話，可以將功折罪。你要是欺騙團長，那反而……反而……害了大家。」

司令官沉默了一下，把場面交給大隊長繼續處理，自己在一旁靜聽。

我們該死。中隊長看見有個新娘子騎著小毛驢進了前村，細腰在驢背上一扭一扭挺好看。他對我說：「上！」該死！我糊裏糊塗跟上去了。

進了小媳婦的家，中隊長覺得什麼地方不對勁兒，伸手說：「槍給我。」我倒不覺得怎麼樣，他說有人堵住了大門。他向大門口打了一梭子，帶著我翻後牆。我上了牆頂一看，不得了，房子四周都是人頭。我倆沒命的跑，要命的是，後牆外面是一片樹林，沒有高粱，想逃沒那麼容易。中隊長說：「我們分開，你奔東，我往西。」話沒說完，他又打了一梭子。

他拿著槍，丟下我，逃走了。我沒有辦法，爬到一棵大樹上躲起來。他們在樹下經過，沒抬起頭來看。我想：沒事了，躲到天黑，溜下樹來，往青紗帳裏一鑽，再摸路回隊吧。

誰知道，頓把飯的功夫，他們又回到樹林裏來，手裏牽著一個五花大綁的人。我一眼就認出來，中隊長落在他們手裏了，老遠看見他臉上一個大瘤子晃來晃去。那麼多的樹，偏偏揀上我藏身的這一棵。他們把中隊長拴在樹上，教他挖坑。我看得清清楚楚，他一下一下挖得好快……

娃娃又**嚎啕**大哭。

大隊長很有耐心的問：「你究竟看清楚了沒有？中隊長也許還沒死。」

「死了！死了！塡土以後，他的瘤子脹得好大好大，好像他有兩個頭，第二個頭比第一個頭還大。最後那一錘，沒有敲在正當中，血是斜著噴出來的，噴在樹幹上。我從樹上爬下來的時候，染在我的衣服上。」

大隊長默然。既然噴過血是一定活不成了。

司令官吼起來。

「四四支隊豈有此理！大家都在抗戰，他們這樣不講交情！咱們一報還一報：大隊長，你去抓四四隊一個人來！要快！」

大隊長派出兩支人馬，一支去找中隊長的屍首，一支「摸」進前村，架回來四四支隊一個隊員。這人正在農家教孩子們唱歌，冷不防背後有人掐住他的脖子。

別看游擊隊因陋就簡，一間囚室是少不了的。囚室的條件是高而有梁，可以把犯人吊起來。司令官說：「吊他一夜，明天栽掉，不必帶來見我。」

好極了！司令官要栽人了，大家有熱鬧看了。剎那間，衆人臉上泛起興奮的顏色。這裏那裏，人成撮成堆，談論他以前聽到的或見到的栽人場面，指手畫脚，口沫横飛。

問題是，由誰來執行呢？

大隊長，司令官的意思是。

大隊長立時口吃得厲害。「團……長！我家幾代……代……代……都是種田的，栽……樹栽……花栽……莊稼，從來沒沒沒栽過人。」

「現在你是抗戰的大隊長，」司令官說。「賣什麼，吆喝什麼。唱什麼戲，演什麼角兒，到了該栽人的時候，就栽。」

「團長！我我的心心沒那麼狠——，手沒沒有那那麼——辣，我怕傷……傷……傷德啊！」

「你這是什麼話！人家無緣無故栽了咱們一個人，這個仇不報，三九支隊就從此沒氣了。你身爲大隊長，應該身先士卒！」

「團長，我實在做不來，」大隊長的聲音痛苦之至。「您就免免免……了我這個大……隊長吧！」

「廢話！沒出息！」司令官想了一想，「這樣吧！我不難爲你。你去找行刑的人，叫他們自告奮勇，誰願意幹，我有賞，每人十塊大頭。」

大隊長千恩萬謝。

賞格懸出來，沒人應徵。

隊上有個賭博輸急了的人，想賺這筆錢。贏家把他拉到僻靜地方，狠狠數落了一頓。「栽人這玩藝兒，看看熱鬧挺不錯，要是咱們下了手，以後怎麼做人？算了，那筆賭賬咱們一筆勾銷，你我兩不欠，你犯不著爲這個跳墻。」

司令官左等右等，等得不耐煩，我聽見他捶著桌子歎氣。

「咱們三九支隊沒有人！人家辦得到的，咱們辦不到。三九支隊這樣混下去，還能成什麼氣候？」

大隊長唯唯。

「我要是年輕十歲，一定親手埋了他！」司令官聲中帶恨。

大隊長又唯唯。

然後，良久，寂然無聲。大概是相對無言吧！

我們跟吊人的屋子叫拘留所。

拘留所的門沒有上鎖，一推就推開了，大家相信吊在梁下的囚犯跑不了。一股刺鼻的腥臭撲面而來。我知道，拘留所裏沒有馬桶，囚犯整天和他的便溺在一起。

拘留所沒有窗子，屋內一片黑。推開門之後，近門的區域才有光亮。那吊著的人，像盪秋千一樣從光亮裏飄過，又在昏黑裏變得模糊。

我的來意是想打聽這個屬於四四支隊的人認識李興嗎？李興現在怎樣了，李興

雖然只在我家待過一晚，我一直把他當做朋友，聽見「四四」這個數目字，就要想起他。

「李興，我也參加抗戰了。」我希望他直接、間接能聽到這句話。

從走進三九支隊的那天起，我在想像中一直跟李興手拉著手。

我是帶我的馬槍來的，我想，囚犯一定很凶橫，得有一件可以壓住他的東西。

我沒見過吊起來的人。這人身體懸空，脚尖點地，可是高度恰恰使他無法站穩。爲了減輕懸吊的痛苦，他豎起脚面，拉直身子，希望用脚尖承擔體重，可是，脚尖輕輕的在地上點一下，反而把身體盪開了。

他必須忍受，等下一個機會，等繩索垂直、脚尖離地面最近的時候。

然後又是飄盪，劃著弧形飄盪。

一夜飄盪，他畫了一夜的圓圈兒。難以忍受的痛苦，使他一次又一次排出大便、小便。便溺落在他盪過的軌道上，畫出一個骯髒而殘酷的圓周來。

沒有想到是這幅景象，我嚇了一跳。

然後，我簡直嚇壞了，當他再盪過來的時候，我看清楚了，他就是李興！

「李興！李興！」我喊，他睜開眼睛。不錯，正是他！

我放下槍，抱住他，忘了骯髒。

「你去找一塊磚頭來。」他呻吟著說。

我拿一塊磚頭放在他的脚底下，他停止飄盪，身體也不再拉得那麼長。

我激動得頭昏，動手解繩子，看見他的腕部被繩索磨擦得露出血來，心裏一陣酸楚。

繩子解開，他倒下來，躺在他自己的糞便上喘息，骨碌著逐漸恢復神采的大眼睛。

他曾經滾動著這雙眼睛告訴我許多話。他曾經用低訴的語氣，敘說抗戰帶給他的興奮。他曾經提到，他有一個茹苦含辛的母親。他的家庭是一縷將熄的餘燼，而他是惟一在風中閃耀的火星。

現在，我們要活埋他！

「李大哥，怎麼辦啊！」我很著急。

他坐起來。「沒什麼，這是誤會。」

「誤會？」我不大明白他的意思。

他站起來。「帶我去見司令官。」

「可是，你身上這樣髒？……」

「先找水洗一洗。」

著。

那得有很多很多水才行。村外有一條小溪，可以洗他，加上他的衣服。

「你能走嗎？」

「我能！」說著，他掙扎著出門，我覺得他需要一根枴杖，就把馬槍交給他拄著。

溪水可愛，裏面有樹的影子，雲的影子，還有高粱的影子。

村子裏面一切都是舊的，連兒童都像是破舊的玩偶。可是村子外面，植物、溪水。都煥然一新。

李興跳進水裏，脫他的衣服，露出日漸隆起的肌肉，露出紫色的紅色的傷痕。水弄痛了他，扭曲了他的臉孔。

「李大哥，別這樣好不好？」我坐在大石上看他。

「我怎麼啦？」

「你咬牙切齒的樣子。」

「我倒不覺得。」

他先揉洗衣服，後擦身體。

「李大哥，伯母好嗎？」

「你說誰？」他愕然。

「伯母，」看樣子，我還得再加一句：「你的母親。」

「啊，現在那有功夫管她。」

惟一的話題斷了，只好沉默。

他從水裏出來，需要我幫忙擰掉衣服上的水。我們分別握住衣服的兩端，用力旋轉，——不敢太用力，怕衣服的質料禁不起。濕衣冷冷的，但是我覺得我們又恢復了聯繫。

他慢慢把濕衣穿好，擰著他的臉孔忍痛。

我非常同情的望著他，心裏想著怎樣安慰他，怎樣幫助他，一時想不出頭緒來。冷不防他一轉身抓起靠在大石旁邊的馬槍，嗶喇一聲，子彈上膛。

槍口對準我，仇恨的眼睛也對準我，我看見三個危險的洞，深入我的骨髓。

「爲什麼?我們是朋友。」我說。

「你們是我的敵人。」他像水一樣冷,比水堅硬。

「不對,我是你的朋友。」我強調。

「你是敵人的朋友,敵人的朋友也是敵人。」

我還能說什麼?呆呆的望著他退入青紗帳中,隱沒了。

我栽在溪邊,寸步難移,恨不得化成一棵樹。

一時之間,我非常非常想念李興,從前的李興,那天夜間躺在我家的李興。

# 天才新聞

「天地是一個甕，我們在甕底，敵人在甕口。」第一個說這句話的人是天才，第二個以至第無數個說這句話的人是憂國憂時悶悶不樂的人。

可不是？儘管天地之大，游擊隊任意縱橫，可是人心總有些悶得慌，不知道抗戰的局勢到底怎樣了。

戰爭，當機關槍聲像大年夜的爆竹一樣響著的時候，你確實置身其中。後來，槍聲隱沒，你還可以從傷兵、難民、商旅身上嗅到戰火的氣味。可是再過兩年，第一線在一個省又一個省外，在一座山又一座山外，戰爭在你心目中就顯得難以想像的渺茫了。

儘管雲淡風輕，你總覺得有一種沉重壓在心頭，有一股什麼暗中進行，它日益逼近，攪亂你的寧靜。

那一天勝利？

好日子什麼時候會來？……

這些強烈的念頭藏在心裏，說不出來。能夠說的，是半隱半現的一句話：

「有什麼新聞？」兩人見面，總有一個要這樣問。

正在割草的農夫，想到這裏，突然心頭一緊，鐮刀在草根上停住了。

正在刺綉的大姑娘，想到這裏，突然指頭一軟，針尖在鴛鴦的翅膀上停住了。

看書的人，想到這裏，突然眼底一陣模糊，指頭按在斷句的地方停住了。

飲酒的人，想到這裏，突然血管發熱，筷子指著肉塊，停住了。

人們，不知什麼時候會突然想到那個既令人興奮又令人哀愁的問題，暫時忘掉此外的一切。

要是同一天，同一時刻，那個強烈的意念一齊湧上每個人的心頭，那會有一個靜止的世界。在幾秒鐘之內，人人雕成塑成一般固定在那兒。甚至風息、蟬啞、鳥墜、雲凝。

要是那樣，好日子釘死在天外，也永不會來。

所以，幾秒鐘以後，斧頭還是要劈下去，火焰還是要點燃，種子還是種下去，長出苗來。這樣，人們就會覺得好日子也一寸寸移近。

等呀，等呀，等。

實在等得心焦，有教養的人就在家裏打孩子的屁股，那些粗鄙無文的，就反覆的唱他們的小調：

青山在，綠水在，寃家不在。
風常來，雨常來，情人不來。
災不害，病不害，相思常害。
我，倚定著門兒。
手托著腮兒，
想我的人兒，
淚珠兒汪汪滴滿了東洋海！

然後，見到從城裏來的人，從小酒館裏來的人，「趕集」買東西回來的人，必定要問：「有什麼新聞」？

有一個老頭兒，半夜搥床大哭，闔家驚醒，環立床側。

「不得了！」老頭兒說。「我夢見中央軍打敗了！」

那時，人們相信夢境是神靈的預言，對這個傷心驚恐的老人，都有些手足無措。倒是他的老伴兒有個主意，安慰他：「不要緊，夢死得生，你夢見中央軍打敗了，那一定是中央軍打勝了。」

全家附和，老翁漸漸鎮靜下來，再度睡去。

黎明，老翁又嚎啕起來，他嚷著：

「不得了，不得了，我又做了一個夢，夢見中央軍打勝了！」

那年代，我見過一個教書先生，啣著長長的旱烟袋，一本正經告訴他的鄰居：

「我們這一輩爲人，脖子一定特別長。」

「爲什麼？」

「天天伸著脖子盼望勝利，把脖子拉長了呀！」

高粱開始收割，大地像剛剛剃過幾刀的頭顱一樣難看，而我們游擊隊則感覺什麼人在剝我們的衣服，剝下一件又一件，直到赤裸暴露。

日本的騎兵，汽車車隊，又常常在公路上出現，他們還是很小心，從不踏上支線小路。

有一個農夫，彎著腰在田裏工作，沒有發覺一小隊黃呢軍服黑皮靴的人馬在公路上流動。空氣裏有撕裂的聲音，子彈擊中他的前胸。

他的兒子在旁邊另一塊田裏工作，抬頭看見父親的身體搖擺扭動，舞著手臂想從空氣裏捏住自己的生命，就丟下農具，跑過來扶持。淒厲尖銳的聲音又響了一次，年輕的農夫在中途應聲而倒。

這是今年砍倒青紗帳後由敵人造成的第一件血案，在這個最需要新聞的社會裏，一件最不需要的新聞立即傳遍。

中隊長死了，沒有人訓練我。我又丟了槍，換來大隊長一雙白眼。我感到日長似歲的寂寞。

寫點什麼可以打發時間。我本來是喜歡寫點什麼的。

每隔五天，十里以外的曠野裏出現大規模的臨時市場，活動攤販和顧客從四鄉麕集而來，非常熱鬧。我去買了幾張八開的白報紙，仿照報紙編排的方式，把兩個農夫慘死的新聞做成一個「頭條」。

我曾是上海新聞報的小讀者，對「版面」略有認識，「頭條」之外，加上一個「邊欄」。我在邊欄裏提出一個問題：敵兵在一里以外舉槍射擊，彈無虛發，而且一律擊中前胸要害，爲什麼這樣準確？怎樣訓練得來？我們游擊健兒可有這樣良好的槍法？怎樣加緊趕上？

頭條和邊欄之外，版面上還有一大片空白。我興致勃勃的往裏面塡字：

我說，高粱已經收割了，根據往年的經驗，鬼子又要淸鄉掃蕩。

我說，敵人正從附近各城抽調兵力，準備大舉進攻，而我們各游擊部隊也要聯合起來，予以迎頭痛擊。

我指出，敵人散布的口頭禪：「游擊游擊，游而不擊」，實在是游擊武力的恥辱。因此各游擊部隊的首長一塊兒開會，決心要給敵人一點顏色看看。

我們在學校裏的時候，跟手鈔本叫做「肉版」。我把這張肉版的報紙貼在床頭，心裏十分得意。

隊友紛紛到我的小屋裏來「看報」，驚動了大隊長。

大隊長沒收了我的「報紙」，用他細長堅硬的指頭戳我的額角，大吼：「啊你，啊你，啊你，不知死活！」吼一句，戳一下。

在那樣狹小的屋子裏，我簡直無從躲閃。

我希望馬上弄清楚錯在那裏，可是我愈急，他愈說不出來。良久，我懂了，他的意思是，如果敵人來到這個村子，如果他們發現了我鬼畫的玩藝兒，他們就會一把火把村子燒得乾乾淨淨。那樣，就是我害了全村的人。

我實在沒想到，我會是這樣一個嫌疑犯。

大隊長去後，司令官召喚我，手裏拿著我的「罪狀」，大隊長坐在他旁邊。不用說，大隊長進一步檢舉了我。

對於我，大隊長裝做沒有看見的樣子，司令官的眼神却非常柔和，以致顯得他比平時更胖，臉孔更圓。他說：「你很有才氣！」

他指示我坐在身旁。意外的責罵後緊接著是意外的獎勉，令我一時難以適應。司令官的聲音很誠懇，他說：「你是個拿筆的人，拿筆的人不一定要拿槍。你拿筆比拿槍好。以後，你乾脆拿筆。」

我不明白這是什麼意思。他又說：

「我們需要這樣一份報紙，你來編，大隊長來監督。」

大隊長哼了一聲，用他的白眼狠狠瞪了我一下，起身走出室外。我第一次發覺他的腮上雖然沒有掛著瘤子，他的嘴角却也斜向一邊，跟生瘤的中隊長一模一樣。由於中隊長已經死了，大隊長的這個表情，使我打了一個寒噤。

司令官不管這些，他用心批評我的報紙。他說：「新聞寫得很好。你提出槍法訓練的問題，也很有意思。你還可以多寫一點，你可以寫，日本軍隊訓練槍法，是用從中國偷去的計畫和方法。中央正規軍的槍法比日本兵的槍法更高。在戰場上，日本兵伏在地上，國軍可以開槍打中他們的眼睛。近來，在戰場上陣亡的日兵，大部份是左眼中彈，貫穿頭顱。」

我說，我不知道這件事。

他說：「你可以想，你有天才。我們用天才抗戰，當然也可以用天才編報。」

然後，他指著各游擊隊可能聯合作戰的一段：「你不要這樣寫，不能把謠言造到我的身上來。」他輕輕的歎一口氣：「游擊武力人多勢衆，毛病就在不能團結。你說要聯合作戰，也沒有人相信。但願我們作戰的時候沒有人在後面扯腿，就很不錯了！」

他拿出一塊「大頭」來，放在桌上，說：「這是我發給你的獎金。」再拿出兩塊「大頭」來：「用這兩塊錢去買油印機，買油墨，買紙。我另外給你找一間房子，做你編報印報的地方。我們的報就叫『新聞』，這個名字響亮得很。」

新聞，新聞，我到那兒去找新聞呢？

連做夢都是找新聞。我夢見在前線採訪，槍聲像收報機一樣響著，轟隆一聲砲彈在我胯下爆炸，我隨著泥土硝烟冲上雲霄，跟我軍的一架轟炸機擦身相遇，駕駛員伸出粗大的胳膊來，一下子把我拖進機艙。

我夢見在一個什麼地方看見成堆的文件，成堆的新聞，每一個字都是新聞，匆匆閱讀，匆匆醒來，什麼也不記得。

我夢見……

這些，都不能寫。

**寫新聞，是寫別人的夢，不是寫自己的夢。**

我去找「參謀長」。

十里外的小鎮上有一個人，在國軍裏面做過參謀，「參謀長」是他的綽號。

到小鎮去的路愈走愈寬，牛車和挑擔的客旅愈多。抗戰第二年，千里而來的「參謀長」跟著他的部隊在這條路上走來走去，他家裏的人却不知道離家多年的遊子如今近在咫尺。

事後，大家知道這件事，談論了一陣子。司令官那時候做鄉長，他說：「從前讀書，讀到大禹三過其門而不入，總不相信，現在看起來，半點也不假！」他對這個青年人很有好感。

到了鎮上，我找一家沒有名稱的雜貨店。戰爭把「參謀長」弄成癱子。他躺在尸堆裏，他的部隊以爲他死了，沒有找他，敵人也以爲他死了，沒有再用刺刀戳他。他自己知道他還活著，還得活下去，也知道老家就在戰場邊緣。遠遠的從敞開的店門裏面，我看見他。他坐著，據守一張帳桌。就這樣，他整天坐在帳桌後面，看三國演義、七俠五義，有人進門，他頭也不抬，口裏說：「要買什麼，自己拿。」他經營的是此地獨一無二的「自己拿」的商店。

看起來，他的精神很好。不過他從死神手中脫身時可不同，渾身是血，戰友的血和敵人的血，血把他的頭髮結成一頂難看的帽子，血浸透了衣服，凝固了，前襟後背不見布料，只見兩大片血塊。他到那裏，那裏捲起一股腥風，人未見，蒼蠅先到，人去後，成團的蒼蠅還在腥空氣裏打轉兒。

鄉下有一種搬運堆肥的籮筐。好心人把他放在籮筐裏，抬著送回來。他估量自己家境窮困，沒法養活一個廢人，就央告好心人一逕送到鄉長的大門口。鄉長，也就是現在的司令官，派人把他收拾得乾乾淨淨，給他資本，教他做小生意。看見我，放下書，親熱得很。我是三九支隊的人，這是他感激司令官的表示。

「參謀長，生意好？」

「還不錯。我做的是獨門生意，這裏沒人好意思再開第二家。——你吸烟？」

「不。」

「不吸烟的客人難招待。喜歡吃什麼？自己拿。」

我什麼也不吃。我說：「我來找新聞。」

「很多人來向我打聽新聞。我只有一句話：鬼子侵略中國一定失敗。我怎麼知道的？老天爺告訴我的。這是天理。」

我提出在路上想好了的問題：

「中央軍離我們究竟有多遠？」

「最近的距離不過五百里。」

五百里！我嚇了一跳。五百里還是遠在天邊！

「他們什麼時候回來？」

「急什麼！你還這麼年輕！先吃一把花生，再帶一包瓜子回去，三九支隊的人來了，不吃不拿，是瞧不起我！」

五天一次的臨時市場是蒐集新聞的好地方，人們在那裏交換貨物，也交換消息。市場的中心區擠滿了人，人們懷著不同的動機擠成一團，買東西、散步、看熱鬧，或者偷竊。有人牽了一頭驢子通過這個地區，回頭一看手裏只賸下半截繮繩，偷驢賊在人叢中把繮繩割斷，牽走驢子，却讓他的助手握住繩子，維持曳引的拉力，就像仍然有一匹牲口跟在後面一樣。等眞正的驢子走遠了，人樣的牲畜突然放手，一件天衣無縫的竊案就完成了。

市場的外緣，有說書的、治病的、賣酒賣飯的、玩魔術的、練把式的，各人選擇有利的地形，招徠一羣觀衆，聚成一個一個衞星。

我從人隙中擠進擠出，想找一點新鮮東西。

有一個人，站在櫈子上，手裏捧著一張報紙，唸唸有詞，一羣聽衆圍在櫈前，仰臉看他。

原來，這個人在報告新聞！

他說，國軍已經奉到進攻的命令，開始向我們這兒推進，每天七十里。我的血沸騰起來。每天七十里！一個星期以後，不是就來到了嗎？「參謀長」說過，他們離這裏五百里。

一個頭髮半白的太太叫起來：

「有沒有九十二軍？我的兒子在九十二軍。」

那人不慌不忙反問：「打鬼子，三個軍五個軍就夠了，還用得著九十二軍？」兩句話，引得做母親的擦不完她的熱淚。

那人戴一頂舊呢帽，留著小鬍子，短小的身材穿一件短小的破西裝，站在高處，看來像個侏儒。但是人人相信他的話，在聽衆眼中，他的形象高大。

我豎起脚尖，想仔細看一看他手中的報紙。一點也不錯，那是一張報紙，但是我一個字也看不清楚，報紙在他手中摺成一本書那麼小，捧在空中，一個人獨自享用。

聽衆愈圍愈多，他掃視全場小心翼翼的把報紙裝進胸前的口袋裏，跳下櫈子，摘下呢帽，把帽子反過來，走近衆人。

大家知道他要收錢，三三兩兩離開，散去一半。停在原地不走的人摸索口袋，準備給他一點報酬。

我沒有朝帽子裏丟錢，我也沒走。

收完了錢，他坐在櫈子上吸烟，人羣散盡，只賸下我。

「你的報紙借給我看看。」我走近他。

「這是我吃飯的玩藝兒，你不能看。」他很傲慢。

我取出一個「大頭」，大模大樣的往他懷裏一丟。

「買你的！」

他伸手接住，翻來覆去的看，表情不變，好像預先知道我拿出來的是一塊鍍銀的鉛餅。等到他把銀元平放在指尖上、用烟嘴輕輕的敲了兩下、傾耳細聽之後，這才敏捷的把錢裝進袋中，站起來，凌厲的看我。

「小兄弟，還有沒有？」

「沒有了。」

他不信，抓住我的臂膀，揉得我一身皺紋，那樣子一半像開玩笑，一半像搶刼。

他沒有找到什麼，仍然抓住我，抓得我很痛。

這時候，一個人走過來，一個穿長衫的人，他也戴著呢帽，一頂新帽子，他手裏也揑著烟嘴，發亮的烟嘴。他悠閒得像個來散步的人，我不認識他，他似乎認識我。

「喂，」他指一指那個抓住我的傢伙。「你瞎了嗎？他是三九支隊的人。」

那傢伙立刻鬆了手，從眼神裏流露出懷疑和輕蔑：「他？這麼一個半大不小的孩子！」

「我看你是不想在這塊地面上混下去了！」聲音裏有更大的輕蔑。

那傢伙連忙取出銀元，塞進我的口袋，用雙手連連推我：「小兄弟，你該回去了，快點走吧！」

我倔強的反抗，不肯離開。

「好，好，連這個也給你，」他再把報紙塞在我的手裡。

我握緊報紙，忘了向打抱不平的人道謝，轉身快跑，好像那是我偷來的東西。火熱的興奮以後，失望的滋味特別難受。我弄到的，是在北平的敵僞政權出版的機關報，上面那裏有「新聞」！

受到這番悲慘的捉弄，我羞憤極了。

不，未必是捉弄，那人站在高櫈上宣讀的，分明就是這張報紙。我的眼睛一直沒有離開這張報紙，我盯住那人的手、把它裝進靠近左胸的口袋，又眼睜睜看見他從那個地方取出來。我雖然沒有看淸上面的文字，却熟悉它的紙質、色澤、摺痕。沒有錯，我們爭奪的就是這張東西。

敵僞的喉舌，怎麼會響起抗敵的號角？

我反覆看這張報紙，終於找出其中的秘密。上面有一條消息說，日本軍隊在前線進展迅速，一天可以推進七十里。那個以報告新聞爲職業的人，故意把主體和客體調換過來。

既然敵僞辦這種報紙的宗旨就在顚倒黑白，我們何妨根據它的記載予以還原？它說日本的空軍炸毁了國軍的一座軍火庫，大火三日不息，我就乾脆把一筆同樣的戰果記在中國空軍的頭上吧！

那天，我是唱著跳著回隊的，我一下子找到了滿版的新聞。

「新聞」出版以後，附近友軍紛紛要求贈閱參考，司令官覺得很有面子，連大隊長也開始對我露出笑容。

我突然覺得自己重要起來，但是不久，我知道想看大隊長的笑臉得付更高的代價。

大隊長來到我的辦公室，這次他繃緊了面孔。他說：「明天，我派你進城。明天夜裏，你把這玩藝兒貼在維持會大門口的佈告欄裏。」他指一指「新聞」。

我被這個意外的重責大任吓了一跳，想說什麼，噎在喉嚨裏吐不出來，想問什麼，又千頭萬緒無從問起。

大隊長好像很欣賞我受驚的樣子，從他上翹的嘴角露出半排白牙。他走了，白牙的影子留下來，在我眼前忽大忽小，忽隱忽現。

維持會跟日本警備隊隊部守望相助，兩家大門隔著一片廣場遙遙呼應。日本警備隊又在自己的大門上面加造一座居高臨下的碉樓，槍眼晝夜睜大，監視全場。入夜，碉樓上面不但架著探照燈，廣場裏也有狼狗巡邏。到這種地方貼新聞？那不是玩兒命？

大隊長一定沒有把他的鬼主意報告司令官！

我可以到司令官那兒去，央告他：「取銷這個任務吧！或者，另派別的人去吧！」

這樣一來，我雖然可以在司令部睡太平覺，可是大隊長從此更把我瞧扁了！三九支隊人人看不起我，包括司令官。

我已經丟過一次人了，還能再有第二次嗎？

不能！不能再有第二次。我得把第一次輸掉的扳回來。

整夜失眠，翻來覆去咀嚼什麼人留下的一句話：

偉大與舒適，二者不可得兼。

責任和榮譽的壓力，竟是這般滋味！這一夜，我好想家！

進城，難不倒我。古城是我生長的地方，每一條街巷，每一個人，我都熟悉。可是，自從日本軍隊進駐古城以來，我已三年不曾來過。舊地重臨，竟充滿了陌生的感覺。

這是因爲，我貼身帶著一紙愛國的文件，來到一個愛國就是犯罪的地方。

黃昏入城，朝著廣場察看形勢。在我的記憶中，這是一塊巨幅的畫布，上面畫著蓬鬆搖曳的老柳，嬉笑的兒童，馬的蹄印，車的轍痕，周邊鑲著淺淺的小草，蜻蜓或燕子飄去，成羣麻雀落下來。現在，這一切都從畫布上抹掉了，賸下的只是一片空白。敵人把廣場整修得非常乾淨，乾淨得像那賊亮的馬靴和冷冷的刺刀一樣單調無味。

維持會的大門和招牌也都油漆一新，門外不遠的地方，果然有一個佈告欄，跟日本警備隊的招牌遙遙相對。「報紙」在我胸前發燙，像一塊熱鐵。我能做什麼呢？維持會的衛兵也許好對付，日本兵的碉樓却在我頭上！整個廣場不啻是一覽無餘的金魚缸！

日本兵自己建造碉樓，控制廣場，却不許維持會也造一個！夕陽撤出了所有的屋頂，最後十分固執的指著那座碉樓，不肯抽手，看得我心裏發毛。

面對廣場，因回憶童年而引起的溫柔慢慢消褪，泛起了怒和恨。這片平地，成了敵人的靶場，將來不知道有多少抗戰志士要斷送在這裏！

冷不防一隻怪手抓住我的後領，向上提我，弄得我脚不沾地。

緊接著，一隻怪手捂住我的嘴。

就這樣，讓人家像提小鷄兒小狗兒似的，拖著走進巷子，走進屋子。

怪手鬆開，我回頭一看，一張又方又大的痲臉，原來是我家的佃戶老魏。

我早該判斷是他，他的手臂長滿了又黑又粗的汗毛。

「你想死啊！」老魏對我很不客氣。

「打游擊還能怕死？」我不甘示弱。

「小聲點！」他呵斥我。「你也進了游擊隊？」他抱著研究的態度。我忘了老魏不識字，掏出那張「報紙」，往他手上一摔。

「這是什麼！」老魏不識字，他怕一切白紙黑字，知道文字常常是惹禍的根苗。他說：「快燒掉！」

「不能燒。我專爲它進城來的，今天夜裏，我要把它貼在布告牌上。」我朝維持會的方向指了一下。

「有種！」這一回，老魏眞心稱讚。「可是不值得。你貼在別的地方，還有人看見，貼在鬼子眼皮底下，完全白費心機。我從沒有看見一個人到布告牌下面來過。大家連走路都繞個彎兒躲著這裏，誰敢來看你貼的玩藝兒？你還是帶回去吧！」

「不行。我丟不起這個人。」

「喝，你到底長大了。」老魏把我由頭看到脚。「既然非貼不可，你把這玩藝兒交給我，我替你去貼上。」

「你不怕？」

「我當然也怕，可是我有辦法。我交給維持會夜班的衛兵，教他替我貼好。」

「他不怕？」

「怕什麼？大家身在曹營心在漢！」老魏很自負，臉上的痲點熠熠生光。

憑良心說，我沒聽懂老魏在說什麼，可是我知道他可靠。

我親切的望著他的痲臉，回想小時候，被他用粗壯多毛的手臂舉在頭頂上看花燈，回家的路上，我的手從他的臂彎兒掙出來，數他臉上有多少痲點，數不清楚。

第二天，是三九支隊的大日子。據說，有一個人從重慶來，跟司令官見了面。據說，他穿長衫、皮鞋，留小平頭，手裏拿著蔣委員長寫的一本書，一本又厚又大的書。

人人小心翼翼的談論，可是誰也不知道那人究竟藏在那裏。人人希望看見他，希望聽他講話，希望摸一摸他時刻拿在手上的那本書。這個人物的出現，使三九支隊充滿了驕傲和幻想。相形之下，維持會的布告牌上出現了我的報紙，根本是一件微不足道的小事了。

新聞！這個由重慶來的人，一定可以告訴我許多許多動人的消息，即使那些事情早成明日黃花，我們却從未聽見過。對於我們，事實由發生到現在不管隔了幾星期，幾個月，只要第一次讓我們知道，仍然是新聞。

我去找司令官。

「司令官，有從重慶來的客人？」

「不要胡思亂想，」司令官的呵責裏帶著高興。「他不是從重慶來的，他從國軍的最前線來，離這兒只有五百里。」

五百里！

「他手上有委員長寫的一本書？」

「你簡直沒有常識。他怎麼能拿著委員長寫的書，彰明昭著通過封鎖線？」司令官的心情好極了，他的「官腔」，正是發洩快樂的一種方式。「他手上拿著一本聖經。他是化裝成傳教士到敵後來的。」

儘管事實比傳聞打了許多折扣，那個神秘人物對我仍然有無比的吸引力。「我能見見他嗎？」

「能！我跟他談過你編的報紙。他這次來，要在我們和國軍之間建立一條交通線。國軍要直接指揮我們。後方的書刊，報紙，都有辦法運來。以後，你不愁沒有新聞了。」

上帝！我們總算熬到今天。

我懷著朝聖的心情去見他，爬上農家的小閣樓，他坐在窗口翻閱聖經，全身浴在令人傾倒令人信服的光芒裏。

我恭敬的說，我希望從他那兒得到一些新聞。

「你爲什麼參加游擊隊？」他沒有回答我的問題，卻發出這樣出人意表的反問，一口親切的鄉音。

「爲了救國。」這是標準答案。

「抗戰一定會勝利。你的年紀小，等到勝利那一天，正該年輕有爲。那時候，你爲國家做些什麼？」

這一問，擊中要害。我從來沒有描繪過自己的遠景，我最害怕聽到的字眼兒就是「未來」。我常想，在這生命如同草芥的年代，最好能夠有機會轟轟烈烈化成灰燼，省掉以後無窮的慌張麻煩。

那年代，我看不出自己有什麼出路，從沒有人告訴我們年輕人還可以有別的出路。我意識到惟一的出路就是「死」。

我也知道，外面有一個廣大的世界。那是一個傳聞中的世界，神話般的世界，沒有什麼辦法跟我們的現實聯繫起來。有時候，苦悶極了，也嚮往極了，就寫一封信，交給郵局，由他寄往河南南陽府前路八十八號的張慕飛，或者寄往雲南昆明成功街一〇一號的陸蘋，或者廣州中山大學的胡子丹。然後，以絕望的心情等他們回信。

南陽，應該有個府前街吧。府前街，應該有個八十八號吧。八十八號也許住著姓張的人家。他收到了我的信是多麼驚喜啊！

只要有人回信，只要有一個人回一封信，外面廣大的不可測度的世界對我就有了意義。

等著等著，等到秋天，等來滿院蕭蕭黃葉。

我忍住眼淚。

抑制了、蓄積了多年的淚水，竟對著這個遠方來的陌生人，滴滴答答濕了一大片樓板。

「有什麼難言之隱？」

我搖頭。

「你的家庭？」

我用力的搖頭。

「徬徨？苦悶？」

我想，大概他說得對。

「沒有關係，在一個偉大的時代裏，青年苦悶是很自然的現象。把眼淚擦掉，坐下，我有新聞給你。」

恍惚中，他低沉的聲音就如從夢中傳來：

「在我來的那個地方，政府設置了一座學校，專門收容教育由淪陷區逃出去的青年……

「學生到了那兒，有吃、有住、有書唸，自己不要花一文錢……

「學生入學，手續非常簡單，只要你能證明你是陷區青年，例如，你的良民證，甚至只要一張火車票。

「學生到了那兒，受的是正統教育，是嚴格的文武合一的教育，是上馬殺賊下馬草檄的教育，是將來爲國家做棟樑做主人翁的教育……。

「河北、山東、安徽、江蘇，都有愛國的青年衝過封鎖線進入這座學校。其中有的女孩子，穿旗袍和長襪來了，一轉眼換上草綠色的土布軍服，換上草鞋……。

「你應該到那兒去。到了那兒，你就再也不會苦悶。

「如果你願意去，可以到縣城南關的基督教會去找一位楊牧師……。」

楊牧師？我認得他，他到我們家鄉主持過佈道大會，在我家住過幾天，一臉皺紋，每一條都是誠實忠厚的表記。他的衣袖總比別人短一寸，以便配合他的勤勞。

他曾經用他又厚又熱的掌按在我的頭頂上，說：「主啊，看顧你的小羊兒，引導他走該走的路！」

我該走的路，今天已經鋪在我的脚前了嗎？

我眞的在做夢？

# 帶走盈耳的耳語

司令官的臉色又青又黑。我送新聞稿給他看，他揮手令我退出，很不耐煩。他算是一個胖子，一向喜坐不喜站。這一回，我看見他在四壁之間踱步。

我一步踏進屋門，先嚇了一跳，司令官那裏去了？怎麼有個不懷好意的陌生人站在裏面？

馬上我就明白，司令官還是司令官，他心情很壞，戴著一付面具向人。

司令官從來不曾這個樣子，至少，我是第一次看見。

究竟發生了什麼事情？

耳語：上午，司令官到鄰莊第二大隊駐紮的地方去看副司令，走到莊子頭上，一排柳樹槐樹皂莢樹底下，有一羣唱歌遊戲的孩子。

孩子們不懂事，不認識司令官，也不明白自己究竟在唱什麼，他們只知道唱著玩。可是，司令官聽了那支歌，立刻停下脚步，手杖撞地，杖頂上的手微微顫抖。

——中央軍，逃難的；

——三九支隊，討飯的；

——四四支隊，抗戰的！

孩子們唱了一遍又一遍。

「娃娃護兵」向前大喝一聲：「不許胡唱亂唱！誰教你們的？」一群小老鼠立刻逃散。「娃娃」對司令官說，孩子們唱錯了，這個歌，他也會唱，本來的歌詞是：「四四支隊，搗蛋的！」

司令官沒有反應，依然跟他的手杖一塊插在地上，他的手和那根手杖依然抖動。

大家猜，司令官要找幾個屁股來打一頓，論年論命論風水，且看誰活該、誰倒楣。猜錯了，司令官找木匠來不是做軍棍，而是修房門。奇怪，鐵打的營房流水的兵，修門幹什麼呢！

同樣令人猜不到的是，司令官忽然差遣「娃娃」回家，——回「娃娃」的家也是回司令官的家，「娃娃」三代都是司令官家中的忠實佃戶。「娃娃」雖是小人物，忽然離開司令官的身邊却是一件大事，惹人注意。

副司令和其他兩位大隊長各有駐地，平素很少來找司令官，這時，也就是房門修好以後，他們成了座中的常客，有時個別來，有時一同來。來了，總是關好房門，兩三個小時不見出來。新修的房門關得緊，閂得牢，風吹不透。副司令對弟兄們特別和氣，見了面先打招呼，有時還到弟兄們住的地方看看，掏出整包三砲台香烟往大夥兒床上一丟。在游擊區，不但這種名牌香烟是珍品，連空盒也有人拿去當寶貝。

耳語：副司令好像很開心的樣子。當然啦，他說過，他生平的嗜好是三「打」：打牌，打小老婆，打鬼子。現在，第三「打」快要打起來了。鬼子要出來掃蕩了嗎？可不是？還不是「敵來我走，敵退我追」？不，這次不同，司令官說了：游擊戰本來是敵大則游，敵小則擊，這一次他發誓只「擊」不「游」，來一個魚死網破。他動這麼大的肝火？肝火大得很呢，他派娃娃回家通知家裏再賣二十畝好地，賣它千把塊大頭買軍火。司令官賣過多少地了？不知道，你放心，他家田產很多，賣到抗戰勝利也賣不完。司令官這個差使也不好幹，有人說他是「討飯的」，眞寃枉，他那裏喝不到這麼一碗地瓜湯？是呀，難怪他動肝火。我正在納悶呢，怎麼副司令忽然對咱們這麼好，這個濶少從來不懂得體恤下人。別怪他，那是他年輕，現在當家知道柴米貴，打起仗來要靠大夥兒拚啊！你剛才提到「三打」，他有幾個小老婆？大概三個。他不打大老婆？不打。他說，大老婆能休不能打，小老婆能打不能休。爲什麼小老婆不能休？因爲，你如果把小老婆趕出門，她馬上再去找一個丈夫，大老婆就不會。

聽說要打仗，人人興高采烈的擦槍，半新的被單都吃吃的撕碎了做擦槍布。擦完了槍擦子彈，大家相信子彈上沒有銹，彈殼就不會卡在槍膛裏退不下來，說不定因此可以救人一命，或者救自己一命。一面擦，一面哼著小調，分外活潑。

戰爭的氣氛使人變大變浪漫。槍擦好了，戰爭還沒有來，這些人在心理上已經先處於生死俄頃之間，變得心癢癢不拘小節，走起路來東倒西歪如醉。有一個隊員經過農家的籬笆旁，驚起緊靠著籬笆伏在窩中的一隻鷄。他從籬笆縫裏伸進手去，抓住剛剛產下來的一枚蛋，在母鷄劇烈的抗議聲中，先享受一下透心的溫熱，再把蛋的兩端敲破，吸一口氣送蛋白蛋黃滑下食道。最後，他坦然把空空的蛋殼還給那隻大聲喧鬧的母鷄。

爲了打發心癢手癢的日子，賭博。在賭命之前，賭錢。平時，聚賭的人要挨罵挨罰，這時禁令自然廢弛，全村洋溢著近似過年的氣氛。限制仍然有，外人不許入局，不過有一個人，他可以，他常常來三九支隊走動，跟弟兄們有「抓一把」的權利。這人穿長衫，敞領釦，翻袖口，紮褲脚，手裏捏著個發亮的烟嘴，全身整潔如新，臉上却佈滿霜痕塵痕。我看見他豪賭。我看見他贏錢。他兩肘之間銀元鈔票堆得比骨牌還高。終局時，他把牌一推，也把錢一推，一隻手取下口中的烟嘴兒，一手拍拍襟上的烟灰說：「這些錢，我請大家哥兒們吃紅。」

這人好面熟，我在那裏見過這張臉，見過這隻烟嘴。

對了，是他。我在集市裏向一個走江湖的人買報紙，他替我解過圍。

耳語：你怎麼不認識他？他是個大名人。不管維持會，游擊隊，不管什麼牌照的游擊隊，他都進得去，出得來，大搖大擺。他賣軍火，只要有人肯出價，他連日本造歪脖子輕機槍的零件都弄得到。有時候，他喊價高得離譜，那些司令，團長，見了他恨他，不見又想他。

司令官找他來，要向他買軍火，這批生意大概不小。他的貨色很可靠，不使水，不摻糠。可是，以前他並不是這個樣子。有一年，他把五百顆步槍子彈賣給四四支隊，四四支隊拿了十顆子彈去打靶，有五顆啞火。他們司令官氣壞了，把這個軍火販子綁起來，下令槍斃。他大聲呼喊：寃枉啊寃枉。那個司令官教人把四百九十顆子彈倒在他脚前，對他說：「這是你賣給我的東西，你自己揀一顆受用吧！」情勢如此，只有照辦。劊子手用這顆子彈上膛，瞄準，扣扳機，火藥失靈，鴉雀無聲。那個司令官問他：「你寃不寃？」他撲通跪倒，連連說：「不寃，不寃！」險哪，這條命僥倖保住。自從得到那次教訓以後，他經手的每一顆子彈都親手驗看，顆顆有效。他看子彈好不好，就像我們看鷄蛋新鮮不新鮮，十拿十穩，從不走眼。

一輛牛車，載滿明亮的麥桿，慢吞吞向支隊部走近。路不平，車身震動，把整車麥桿震成一堆軟體動物。

衛兵喝問：「那兒來的！停車檢查！」堆得很高的麥桿上面露出一張瘦削而堅忍的臉。「哥兒們，放一馬，這是我的座車！」

「參謀長！」衛兵收了槍，敬個禮。「你可難得出門啊！」一面問候，一面用眼光探射他的腿部，他的下半身陷在麥桿堆裏，看不見。

牛車進了村子，停住，弟兄們攀車把「參謀長」架下來，放進預先準備的一張椅子裏，抬著走。癱瘓以後，兩條腿變細了，教人看了好難過。

我目送他進入司令官的屋子。

門關了，關得緊緊的。

司令官留他吃午飯，關著門吃。

飯後，兩名大漢把他抬出來，送上巔巍巍的麥桿堆。司令官親自送到車旁。牛車慢吞吞漸行漸遠，他像個在泡沫裏游泳的人一樣向我們揮手。

第二天，下午，疲憊的牛，拖著一車羽毛零落的麥桿，又把「參謀長」載回來。下車後第一件事，司令官吩咐燒熱水，請他洗澡。

不久，副司令也來了。自然，房門關得很緊。

晚上，司令官的房門打開，傳話下來，向我要筆要紙。接著說，八裁的白報紙幅面太小，吩咐一張一張用漿糊黏貼，連成桌面大的一張。然後又表示從我這兒拿去的鋼筆不合用，需要毛筆。

然後，門內寂然。入夜，只見窗櫺紙上人影不斷晃動。

這可不像一件尋常的事情。

耳語：不錯，他是個殘廢人。可是人家中央軍校畢業，在正規軍的師部裏當過參謀，見過世面，懂得兵法，可不簡單。司令官不是說嗎，孫臏的兩條腿也殘廢，誰能因此小看了孫臏？

司令官眞的拿他當了「參謀長」，請他出謀定計打一場硬仗。司令官有三不打：第一，不跟敵人的騎兵打，騎兵六條腿，咱們兩條腿擋不住。第二，不在公路沿線打，公路可以跑汽車，敵人增援太方便。第三，不在村子裏面打，不守村莊，也不攻村莊，免得敵人拿老百姓出氣。「參謀長」眞有一手，他拍拍胸脯說，別說三不打，卽使是五不打也沒有關係，這一仗照樣能打，照樣打得勝。

昨天夜裏，「參謀長」在司令官和副司令面前畫了半夜的地圖。他說，當初抗戰發生，國軍在這附近什麼地方挖了一條戰壕，四十多里路長，準備在壕溝裏頭跟敵人捉迷藏，打他一個落花流水。這一計，國軍沒有用得著，我們來用。人在溝裏走，外面的槍子兒打不到身上。敵人不敢進溝，汽車和馬隊也不能過溝，只好由我們神出鬼沒。據說，這條戰壕的出口在一座樹林裏面，萬一大事不好，咱們進林，騎兵追到林邊兒，只得回頭。司令官聽了他的神機妙算，直拍大腿叫好！

八月以後，老天爺接連下了幾場雨。「一場秋雨一場寒」，夜有些涼颼颼了。每場雨後，一段晴朗的日子，日本軍隊就下鄉「掃蕩」。萬里無雲，老天爺睜大了眼睛，看強權伸出醜陋的手向大海中撈針，東倒西歪的瞎摸一陣。

這時，至少有一根針，以尖鋒對準敵人可能來犯的方向，準備狠狠刺上去。在風聲雨聲中，他們等待敵人沉重多釘的皮靴踏在地表上的聲音。

現在，他們好比漁夫，張好了網，懸著餌，等一隻大魚撞進來，一隻兇猛的大魚。

貪婪的魚，不久就聞到了餌的香味。一夜，有人把我弄醒，矇矓中，我知道那人用腳踢我。坐起，窗外慘白的月光裏，站滿了黑幢幢的人影。出門，那不是月色，是滿地寒霜。

先頭部隊出發了，後面的人跟著。天冷，心急，也有幾分懼怕，所以大家走得很快，走到全身發熱，還不肯慢下來。我們在鷄啼聲中，犬吠聲中，最後在鳥鳴聲中，走到天色破曉，走到每一個人由模糊晃動的一團到鬚眉畢現，走進國軍留下的那一條廢壕。

壕溝把地面切成兩半。我連滾帶爬跌進去，站起來，仰臉看頭頂上的溝墻。他們成年人的個子高，站直了，可以把頭部伸出壕外，觀察地形，如果佝僂著走，就完全隱沒在兩墻之間。溝底兩旁特別設計了踏脚的台階，人站上去，恰好可以出槍射擊。我一面跟著隊伍在溝裏跟蹌前進，一面想：這麼大的一條溝，一鏟一鏟怎麼挖得成，他們成年人眞有本事。射手伏在溝沿上，打了就跑，跑一段路再打，敵人一定窮於應付。如果退却，人不知鬼不覺就脫離了戰場，撇下敵人在那裏東張西望。我在戰壕裏享受大地的呵護，第一次體會到憑藉先人留下的基業你會得到多大的安全滿足。

濃雲四合，始終不見太陽，只覺氣溫漸高，走得我滿身大汗。好在出口在望，出了壕溝，眼前就是那片有名的柿樹林。來到柿餅的主要產地，却流不出一滴饞涎，因爲在這一片空林之中赫然站著我們的司令官，我們的驚訝尚未消褪，槍聲密如炒豆，響自我們來處。其中配搭著清脆的有韻律的連珠響聲，一聽就知道是日本陸軍步兵特有的「歪脖子」機槍在瘋狂的連放。流彈打得樹葉嘩嘩亂飛，撲，撲，撲，打得地面冒烟。它射擊的聲音使人害怕，也使人出神，三九支隊從成立那天起，就希望有這麼一挺機槍，人人夢想有一天扛一扛、摸一摸這樣的機槍。行軍趕路，讓老百姓從排頭看到排尾，能看見你從日本兵手裏奪來的這張王牌。這次作戰，司令官曾經一再交代：「務必把敵人的輕機槍奪過來！」可是現在他大聲命令我們：「臥倒！臥倒！」

剎那間，除了樹以外，只有司令官站著。他在我們中間走來走去，問誰會爬樹。有幾個隊員坐起來，司令官選了三個人，指著柿林外面一棵白楊，對他們說：「你們上樹。你，第一個爬，爬到樹頂；你，第二個，停在樹腰；你，你在下面，第三。第一個看見了什麼，告訴第二個，第二個告訴第三個，第三個跑來告訴我。快！」

第一個隊員爬樹的本領不賴，他抱住白楊直挺的樹幹，手腳齊動，一節一節往上冒，一時之間使我聯想到游泳。第二個人動作比較慢，不過當第一人升到樹頂，他也到達樹腰，兩個人像兩隻啄木鳥一樣貼在樹幹上，這時，我才覺得這棵白楊眞高。我幾乎以爲，其實是希望，槍子兒打不到那樣高的地方，不能傷害他們。槍聲依然濃密，流彈却不再出現，大概敵人的射擊換了方向。我們紛紛站起，看樹上的瞭望哨低頭彎腰傳口訊，看樹下的傳訊人在司令官和白楊之間跑來跑去，看司令官的臉色變化：一會兒紅，一會兒靑，一會兒皺緊了眉頭。

就這樣，我們揣測戰場上的得失，心裏一陣抽緊，一陣放鬆。

不知過了多久，忽然覺得身上有點冷，頭上有點濕。仰臉看天，輕細難辨的雨絲惹得臉皮癢癢的。

接著，樹葉又拍達拍達響起來，不是因爲流彈，是雨點。

「辛苦！辛苦！」

司令官到林邊迎接由壕溝裏走出來的戰士，挨個兒拍他們的肩膀。他們個個滿身泥漿，認不清本來面目。

「有人受傷沒有？……有人受傷沒有？……」

被問的人一怔，眼珠兒在黃泥面具的縫隙裏閃閃發光，好像現在才想到這個問題。

「有人受傷沒有？」

「沒有，一個也沒有！」是副司令的聲音。看樣子，在他開口之前，司令官伸手去拍肩膀的時候，不知道他是誰。副司令一向注重儀容，現在也成了沒塑好的泥菩薩一尊。

「了不起！英雄！」司令官的態度特別親熱。看得出有句話含在嘴裏打轉兒，他記罣「歪脖子」機槍。

「我們搶來了鬼子的大砲！」副司令的胸脯挺得好高。

「什麼？」司令官吃驚不小。

副司令轉身向溝中招手，催促弟兄們從泥裏水裏把一個笨重的圓筒扛上來，不算大，打鑄得很精緻，儘管沾帶泥巴，仍然漂亮。圓筒以外，還有一塊鋼版，一個支架，由另外的人扛著，一齊送到司令官面前。

「迫擊砲！」司令官認識這東西。

「可不是？」副司令得意洋洋。「敵人分成幾個小股亂竄，有十來個人跟著這座砲。我見他們人少勢孤，就帶著第二大隊長和他的第一中隊衝上去。這一仗打得很猛，雖然沒有奪到機槍，有這個玩藝兒也可以交差了！」

「好，好，」司令官說。「打得好，打得好！你查明出力的弟兄，我每人賞十個大頭。現在先找地方讓大家洗洗澡，換換衣服。」

「回原地？」

「不回原地，另外找地方。」司令官用手指一指樹林。「這個方向，馬上出發！」

耳語：副司令吹牛皮面不改色，火候到家！他領著大夥兒衝鋒？沒那回事！敵人不知道眼前有溝，見了溝也不知道壕溝裏有人，愈走愈近。副司令在溝裏會錯了意，以爲敵人是冲著他來的，就命令第二大隊排槍開火，掩護他脫身。誰知道槍聲一響，十幾個日本兵轉身就跑，大砲丟在那兒也不要了！二大隊本來的打算是，他們一開槍，敵人一定散開，臥倒，大家趁這功夫拔腿溜走。有人開了一槍兩槍趕快脫離火線，連日本兵張惶失措的樣子都沒看見。這時候，幸虧有一個弟兄沉得住氣，這人究竟是誰，已經弄不清楚，他喊了一聲「搶大砲啊！」大家這才如夢初醒衝出溝外。等玩藝兒到了我們手裏，才輪到敵人清醒過來，想起自己丟了東西，急忙回頭來找。「歪脖子」朝著空溝掃射，打來打去只打中了塵土。日本兵這麼差勁，說出來沒人會相信。二大隊的人說，這一批鬼子特別瘦小，可能是壯丁快死光了，拉半大不小的孩子來充數。這些孩子第一次上陣，聽見槍聲就慌成一團亂麻。看起來，日本的氣數要完了！

大家洗澡，換衣服，擦槍，忙得像大年夜。

忽然，司令官找我。

他板緊面孔抽烟，一呼一吸之間有餘怒未息的樣子，不知生誰的氣。我站在他身旁，等他開口。

「你學會賭錢了沒有？」

「沒有啊！」我急忙否認，他怎麼有心情查問這個。

「你這個年齡，吃喝嫖都還談不到，我最擔心的就是賭。你不賭，很好！」

沉默，我跟他之間游動著他噴出來的烟圈兒。

「游擊隊這樣的環境很容易教人學壞。明天，我派人送你回家。」

我說，我不想回去。

「你已經來過，總算抗了戰，久留沒有多大意思。你的年紀還小，應該去讀書。」

讀書！聽見這兩個字，我渾身觸了電。我想起那個神秘的客人告訴我的，一座文武合一的學校，一座千金小姐穿草鞋的學校！一座培植三尺幼苗成棟樑的學校！把一滴水一滴水匯合成巨浪的學校！啊！學校！學校！我身不由己似的點頭，退出，一面收拾我的東西，一面發燒……。

耳語：知道嗎？昨天夜裏，司令官跟副司令吵架。他們都是上等人，要面子，聲音很低，但是彼此很不客氣。司令官的意思是，打這一仗頂多弄他一挺輕機槍，要迫擊砲幹什麼！這玩藝兒到了我們手裏，等於一塊廢鐵，可是日本丟不起這個人，一定抽調重兵，徹底清鄉，燒掉十個八個村莊，出這口鳥氣。三九支隊豈不害苦了老百姓，當司令的怎麼對祖先、對鄉親交待。再說，日本除了遷怒到老百姓身上，對三九支隊又豈肯放過，到時候，飛機大砲都來了，咱們的一畝三分地只有這麼大，三九支隊往那裏逃？怎麼生存？逃到自己的地盤以外，等於魚離了水，還不是教人家吃掉？可是副司令認爲自己沒有錯，他說，當司令官的人怎麼能這樣膽小！司令官氣極了，伸手給副司令一個耳光。副司令不但沒有躲閃，反而把頭往前一伸，眼睛瞪著司令官說：「二哥，你再打，我就還手！」他們是遠房弟兄。

回到家裏，才知道父母正擔心得要命。我馬上成了新聞人物，每天有人從各村各鎮來找我，有小脚的老太太，有背著嬰兒的媳婦，瞇著汪汪淚眼。

「你認得×××嗎？他是的我兒子。」

「小孩他爹在三大隊，叫×××……」

我說不認識，統統不認識，就算見過面，有來往，我也不知道他們的名字。來人很失望，只好從心底深處把最後的問題拿出來：

「這一仗，你們到底死了多少人？」

「沒有啊？一個也沒有。」這個我倒淸楚。

「怎麼沒有？三九支隊派人到處買棺材，把好幾個棺材店的存貨都買空了。要是沒死人，買棺材做什麼？」我目瞪口呆，買棺材的事沒聽說過！

「你們還買石灰，買蠟燭，用牛車載運，這些東西不都是辦喪事用的嗎？」

嗚的一聲，有人捂著鼻子哭了。

「到底是個小孩子，一問三不知！」有人輕輕歎息一聲。

再過幾天，這一帶參加三九支隊的人陸陸續續都回來了，父母找到他們的兒子，妻子找到她的丈夫，沒聽說那家短少一個，家家歡天喜地。

「你們怎麼回來了？」這是人人要問的。

「司令官要我們回家種麥子，下了種再回去。他說，戰要抗，田也要種，拿起鋤頭是民，拿起槍是兵。司令官很通人情！」

耳語：三九支隊「封槍」了。封槍你不懂？就是人解散，槍埋起來。這兩天，公路上兵車不斷，一車一車日本兵，帶著大砲和重機槍，厲害得很。他們發誓要消滅三九支隊，如果辦不到，就切腹自殺。他們司令居然寫了一封信通知別的支隊，教他們趕快避風頭，信上說，這次只對付一個敵人，跟別的隊絲毫不相干，誰要是敢幫三九支隊的忙，就連誰一起解決。這是泰山壓頂，莊稼漢組成的游擊隊那兒頂得住？幸虧他們早有準備。

告訴你，三九支隊的司令官老謀深算，預先料到敵人有這一招。那一仗打完了，他派人到處買油紙，買蠟燭，買石灰，買棺材。他把武器子彈用油紙包起來，用蠟封好，裝在棺材裏，洒上石灰。他找了一片亂葬崗子埋下去，教大家回來種田。三九支隊已經不在天地之間，任他大日本皇軍發瘋，也望不見風、撲不著影兒，十天半月以後，日本非撤兵不可，敵人一退，三九支隊又從地底下冒出來，大搖大擺的抗戰，敵人想集合大兵再來一次，可就難了！

三九支隊這一手夠漂亮！可是你先別替他高興，四四支隊正在到處找三九支隊的槍埋在那裏。他們對那座迫擊砲更是念念不忘，砲身上有日本字，落在游擊隊手裏，是天字第一號的光榮。四四支隊派了八個小組，到三九支隊駐過的地方、走過的地方窮搜，看見新墳就挖開看看。藏寶萬一被人家挖走，三九支隊的那一陣威風就只能算是一場春夢了！

201

# 哭屋

抗戰發生以後，父母一直在爲我的讀書問題發愁。原有的公私立學校一律關閉了，到千里迢迢的大後方求學，我的年紀又似乎太小。僞政權開始辦學校，到處拉學生，把孩子送進去吧！實在不甘心，惟恐孩子進了漢奸辦的學校變成小漢奸。那兩年，我半夜醒來，常常聽到父母在竊竊私語，捶床嘆氣，別人的父母大概也一樣。

正在所有的父母都非常煩惱的時候，有一種說法開始流行，認爲政權雖然是僞的，學問可是眞的，爲了求眞學問暫時進僞學校，又有什麼不可？有了眞才實學，等到抗戰勝利，還不是一樣可以爲國家服務嗎？父親頗爲這種說法所動，不過爲了愼重起見，他還是親自到縣城去了一趟，在那兒住了兩天，研究縣立中學的課程，觀察敵人控制這個學校到什麼程度。這座學校大體上還算正常，不過每天早晨做朝會的時候，全體師生要面向東方迎着太陽行三鞠躬禮，表示對日本天皇的崇敬，如果是在天皇生日那一天，全體師生還得歡呼萬歲。這是父親絕對不能忍受的，他回到家裏對母親說：咱們的孩子不能進那種學校。

賸下的一條路只好讀四書五經了？說起這些舊學，「三先生」是這一方的大家，他的父親是進士，在黑沈沈的進士第裏面，包藏着很多的傳奇。老進士曾經在京城裏面陪著皇帝做詩，他家的藏書比縣城裏的圖書舘還多，他的書房比中學的教室還要大，老進士的書畫都是第一流的，外面有五個人模仿他的筆跡，唯妙唯肖，難分眞假。倘若因鑑別引起爭執，老進士只是微微一笑，從來不表示意見。常有學人自遠方來，討論古書上某一句話的眞正解釋，或者要求看一看某一部書的善本，這些來求敎的人個個都是嚴肅地進來，微笑着出去。進士有三兒一女都聰明過人，被大家封做神童……。

進士第最大的傳奇是老進士和他的二兒子長期的爭執。在那裏，不論男女老幼人前人後都管進士的次子叫二先生，管他的媳婦叫二奶奶。想當年，老進士在京城做官，二先生中了舉人，家族的聲望蒸蒸日上，是進士第的全盛時期。可是老進士的性格很倔強，他又把這種性格傳給了他的兒子，倘若一旦發生重大的爭論，誰也不會讓步。幸而這種爭論從未發生過，不幸的是它後來終於發生了，引得當時的官場和考場談論他們，談論了很久。他們爭得那麼痛苦，別人却談得那麼津津有味。

二先生最大的願望是和他父親一樣中個進士，他認爲中了進士才算是眞正的讀書人。批八字的人說他沒有進士的命，他不信，趕到京城去應考。開場他考得很好，可是到後來他覺得身體疲倦，精神渙散，好像所有的力氣、所有的學問都已經用完了，好像冥冥中有力量抑制他，干擾他，使他迷亂。勉強交了卷，自己也覺得絕望，抱着絕望的心情看榜，再抱着絕望的心情回家，從「進士第」三個金字下穿過，低着頭鑽進書房，慌忙關上門，閂好，把母親、太太、老媽子都關在門外，任人無論怎樣喊叫，他也不肯把門打開。

他在書房裏抱頭痛哭，哭得牆外行路的人停下來，哭得門外的母親陪着掉淚。晚飯已經擺好了，可是誰也不肯去摸筷子，家人準備了這麼豐盛的菜，而他還關在書房裏繼續哭。

二先生斷斷續續哭了幾天，情緒慢慢平靜下來。家人勸他：功名是前生註定的事，既然命該如此，人力何必勉強？人怎能拗得過考場裡的神鬼？二先生默然無語，但是不久書房裏面響起了琅琅的書聲，通宵不停。

三年過去了，考期又近，他辭別家人，動身應考。他對老進士發誓這次非考取不可，必要的時候，他打算在北京想辦法打通關節，這要花很多的錢，他請求父親給他充分的支持。但是老進士勃然大怒，拍着桌子，拍斷了他的長指甲，斥責兒子有這種荒唐的想法。他說：考試作弊是讀書人終身的恥辱，也是祖先的恥辱、子孫的恥辱，他絕不允許自己的兒子做出這種敗壞門風的事情來。罵得二先生含着眼淚登車，二奶奶也含着眼淚送行。

在用過三年的苦功以後，二先生的學問有了很大的進步，可是和上次一樣，他的精力和學力消耗得很快，終於，他的手又軟了，腦筋又亂了，無論怎樣壓搾自己，也搾不出一點兒漿液來。他的才思立卽退潮，使他成爲一艘擱淺了的船。他知道這一次又失敗了。他眞恨，恨自己不能像別人那樣花一筆錢，一大筆錢……。

落第回家，自己覺得一張臉沒處放，不敢抬眼面對大門口看家護院的，不敢看父母，不敢進自己的臥房，像逃命似的鑽進書房，關上門又嗚嗚地哭起來，任由母親和妻子隔着窗子勸，任由鄰居圍起來聚在一起隔着牆聽，任由老進士派了書童三番兩次來催喚，他一概都不理，他只是哭。如果你了解華北那些老式瓦房的構造，你會知道在那樣的房子裏**嚎啕**痛哭是一件頗不尋常的事情，屋頂的木料和瓦片，牆壁的窗欞和窗紙，對宏亮的聲音產生共鳴，音響鏗鏗然，悠悠然，成爲一種奇聞。

跟上次一樣，二先生的悲憤沒有維持多久，就轉變成刻苦用功的行動。他跟妻子不同房，跟鄰居不通慶弔，甚至不肯理髮，忘了洗澡，只是不停的讀。他是一天比一天瘦了，但是讀書的聲音一天比一天動人，讀到痛快淋漓的地方忍不住要哭，幾聲痛哭之後，又馬上恢復了讀。這種讀了又哭、哭了又讀的聲音，一度鬧得全家不安，時間久了，大家也慢慢習以爲常。就連二奶奶，想起這種苦讀的故事歷史上多的是，也就慢慢不像從前那樣擔心了。

三年之後再上考場，二先生的模樣瘦削蒼白，好像生了一場大病，但是他的決心一點兒也沒有動搖。這次他非考中進士不可，這可能是他最後一次考試，因爲人人都說這次考試舉行之後，科舉制度要廢除了，有一千多年歷史的掄才榮銜要消失了，「進士」將要成爲歷史名詞，正因爲如此，這個頭銜才更珍貴，他參加這場最後的競賽更是志在必得。無論如何，他需要大筆錢。爲了這筆錢，他在老進士床前跪到第二天早晨，馬車在大門口等他出發，老進士還是沒有答應，於是他也就仍然沒有考取。

於是回到家中他仍然低着頭鑽進書房裏。

這次他沒有哭，聽起來書房裏很平靜，家人認爲他想通了，認命了。

第二天送飯的老媽子從窗櫺望見二先生掛在屋樑下面，他吊死了。……

二先生雖然死了，他無窮的遺恨好像留在屋子裏，沒有隨他的屍體一起埋葬，更深人靜的時候，書房裏常常傳出他的哭聲。二奶奶親自聽見過，老太太也聽見過，據說連老進士自己有一次站在院子裏的梧桐樹下，也迎着西風聽了很久。不久，進士去世了，然後老太太也去世了，接連辦了三次喪事，家裏又添了一座鬼屋，進士第的光彩是大不如前了。尤其是眼前的這一場戰爭，把進士第的一大部份房屋完全燒毀，三先生再也沒有力量重建，從前威嚴整齊的進士第現在一片荒凉。儘管這樣，由於博學的三先生支撐門戶，他擁有的這片瓦礫，仍然被認爲是讀書人的聖地，像老進士在世的時候一樣，這兒是正統學問的庫倉和轉運站。所以父親安排我到三先生那兒去住一、二年，早晨晚上聽聽他的教導。

進士第的時代的確過去了，當年神聖的大門，現在用磚塊封堵起來。磚塊大小不一，凹凸不平，樣子拙劣而醜陋。大門封閉以後，出入一律從邊門經過，這一道門當初本來是給看家護院、打工值夜、洗衣買菜的人準備的，二奶奶和三先生這兩房人家現在住的房子也都是從前下人住的。我的臥房兼書房本來是打更守夜的人休息的地方，跟當年二先生的書房遙遙相對。書房已經燒毀了，院子裏的那棵梧桐樹還在，樹幹很高，葉子肥大，顯出它是所有的樹裏面最大方清潔的一種。由書房望去，從前的深宅大院一律失去了門窗和屋頂，剩下四面牆，圍牆的框子裝着灰燼瓦礫，就好像是一座一座剛剛使用過的大烤箱。儘管經過這樣的摧殘，賸下的牆也跟一般殘垣敗壁大不相同，它們有光滑的表面，整齊的稜角，使人可以想像到它在完整的時候是多麼美麗，當初建造它們的人是費了多少心血，要爲子孫留下幾百年的基業。現在我來得太晚了，這裏已經沒有四壁琳瑯的名人字畫，沒有散發着檀香氣味的珍本古書，沒有比一塊金子還要貴重的印章，沒有比一棟房子還要貴重的石硯，更沒有老進士當年親手抄寫尚未出版的著作。我來的時候，這一切都化成了灰燼，只有書房前面的這棵梧桐還帶着全盛時代的光澤，象徵一股艱苦支撐的生命力。

經過這樣鉅大的變化之後，三先生不再是一位儒雅瀟洒的紳士，他每天要應付土匪的警告、漢奸的勒索和自己家庭生計的困難。他經常緊張地喘着氣，就好像一個苦力剛剛做完苦工一樣。但是他只要有一個鐘頭的時間坐下來，捧着他的水煙袋，跟我討論唐詩或者說文，他又恢復了這個時代所沒有的從容，他的眼睛和聲調裏面，根本沒有時代的苦難，他家藏的典籍文物好像根本沒有焚燒，那些東西本來就存在他的心裏，是戰火所不能摧毀的。就是他在談杜甫的三吏三別，也好像玩賞古代的一件銅器，上面生滿了美麗的銹，價值連城，但是跟現實沒有絲毫的關連。除了他手裏捧著的水煙袋，他沒有一點人間的煙火氣。可惜這樣的良辰美景究竟不多，多半的情形是他正在談得起勁的時候，賬房先生跑過來彎下腰在他耳朵旁邊低聲說了幾句什麼，他立刻離座起身匆匆忙忙地走了。

我來到這裏，除了希望聽到三先生的教導，還希望聽到二先生的哭聲，那個流傳一時的怪談給我很大的誘惑。有時候我走進那個從前叫做書房的大烤箱中，踐踏碎瓦，看牆上煙燻火燎的痕跡，想想一個讀書人的靈魂如何被時代套上鎖枷。對一個人而言，讀書是如此重要，又如此可怕，古往今來，不知有多少讀書人在他自己的書房裏哭過，然後把自己吊死，只不過他們的哭沒有聲音也沒有眼淚，他們也並不需要一根眞正的繩子。我如果能夠聽到這種哭聲，在我的讀書生活中當然是一項重要的紀念，但是這恐怕不可能，據說自從那染紅了西天的烈火把大半個進士第燒成廢墟以後，那神秘的哭聲再也沒有出現過，好像它也經不起戰火的煎熬退藏到九泉之下，就像我們在逃難的時候，戰戰兢兢地躲在蘆葦裏面，把自己的家讓給槍聲砲聲連天的殺聲，卽使蘆葦外面已經沉寂下來，我們這些躲在裏面的人還是不敢聽自己的呼吸。

我發現，除了我以外，還有一個人希望聽到鬼哭，她是二奶奶。一天，夕陽照在我對面的大烤箱上，頗有幾分古意，我忍不住丟下書本，從那個從前叫做門的黑窟窿裏鑽進去。這時候，通過另一個黑窟窿，從前叫做窗子的，出現了她。

「你來這裏做什麼？」

我漲紅了臉答不出來。

「你是不是聽見了什麼動靜？比方說，半夜有什麼聲音吵醒了你？」她問得很委婉。

我突然有了勇氣，對她說：「還沒有，我很希望有一天能夠聽到。」

「那是爲什麼？」

「因爲我聽到了那個傳說。它深深感動了我，每一個讀書人聽到了這個故事都會受到感動。」

「這不是一個傳說，也不是一個故事。不過他的聲音已經好久沒有出現了，這樣下去，再過一些日子，它就眞的變成故事和傳說了。我住在後面，離這兒很遠，耳朵也越來越不靈光，卽使有什麼聲音也很難聽到。你睡的地方離這兒很近，如果你聽到什麼聲音，馬上跑到後面去告訴我，好不好？」

她的神氣使我沒有辦法拒絕。不過我說：「我有沒有那樣好的運氣，一點兒也沒有把握。」

「你是一個小孩子，小孩子常常能看到成年人看不到的景象，也常常能聽到成年人聽不到的聲音。好孩子，記住，要馬上告訴我。」

她轉身離去，走路的姿態兩腿僵直，兩臂前伸，每一步都走得很慢。這是纏過足的老年婦人走路的姿勢，她的確是老了，銀灰色的頭髮已經很稀。

夏天過去了，整個夏天沒有什麼可以告訴她的。秋天來了，天氣涼爽起來，比起夏天好像卸下了一身的重擔，輕得想飛。這是讀書的好天氣，更是讀詩的好天氣，肉身飛不起來，讓詩帶着我們的思想飛。我抽出一本唐詩，隨手翻開一頁，照着三先生教給我的腔調，朗誦自己最喜歡的一段：

自言本是京城女，家在蝦蟆陵下住。十三學得琵琶成，名屬教坊第一部。
曲罷曾教善才伏，粧成每被秋娘妬。五陵年少爭纏頭，一曲紅綃不知數。
鈿頭雲篦擊節碎，血色羅裙翻酒汚。今年歡笑復明年，秋月春風等閒度。
弟走從軍阿姨死，暮去朝來顏色故。門前冷落車馬稀，老大嫁作商人婦。
商人重利輕別離，前月浮梁買茶去。去來江口守空船，繞船月明江水寒。
夜深忽夢少年事，夢啼妝淚紅闌干。

閉上眼睛咀嚼詩意，聽見院子裏面卡察一聲，梧桐樹掉了一片葉子，葉柄離枝的時候發出清脆的響聲。然後拍達一聲，是那片黑沈沈的樹葉在秋風中飄蕩了一會兒，重重地撲在地上。緊跟在落葉的後面響起了另一種聲音，這不是秋蟲的叫聲，不是風聲，這是一個人的呻吟，一個男人，一個忍受痛苦的男人實在忍不住了才會發出這樣的聲音來。

誰呢！這會是誰呢？

再仔細聽，那聲音還在繼續。那並不是呻吟而是一個人想哭、但是又堅決不讓自己哭出來。他殘酷地約束自己，就像是熔爐約束火紅的鐵漿。可是那鐵漿的高溫反而把鍋爐穿透了，融化了。在理智潰散以後，噴出了一陣呵呵的狂叫，那眞的是一個男人的嚎啕，我在老一輩的葬禮上，曾經聽見過這種哭聲，哭的人張開大口，全身發抖，連續不斷地呵呵着，如果來不及換氣，隨時可以呑聲昏過去。

我趕快吹滅了燈，正襟危坐。

一聲過去，又是一聲，從窗外對面業已被燒毀的書房發出來，傳到牆外，驚醒了那棵老柳樹上的烏鴉，哇啦哇啦，在進士第上空盤旋。

那在廢墟上的靈魂連忙收歛些，壓低聲音，變成一陣低沉的嗚嗚，就好像狂風吹過高山上的洞穴，裏面夾雜着傷風一樣的鼻息，那聲音裏面有多少委屈，多少心酸，就連我這世故不深的年輕人也爲之酸鼻，恨不得替他痛哭一場。

想聽的聲音到底聽見了。我跑出房門，去通知二奶奶，卻望見三先生踏着蒼白的月色穿過後院向我走來，一面問：「什麼聲音？是什麼聲音？」

値更的拿着槍走過來，二奶奶也出來了，在秋風裏搖搖擺擺幾乎跌倒。三先生趕快伸手攙住。老媽子隨後趕上，一隻手攙住了二奶奶，一隻手還在扣鈕釦。

我說我聽見了某種哭聲。三先生拉長了臉：「孩子，你是做夢吧？」

我替自己分辯，我說我確實聽到了哭聲。

值更的要我把自己的經驗仔細說一遍，我一面說，他一面挑剔，指出他認爲荒唐或矛盾的地方，激得我幾乎要跳起來。最後是二奶奶替我解圍，她對三先生說：

「三弟啊，剛才我幾乎跌倒，你趕快伸過手來扶我，是不是？」

三先生點點頭。

「其實，在你的手伸過來、還沒有扶我以前，我已經突然得到一股支持的力量，就像有一隻無形的手把我攙住。那很像是你哥哥的手，不是你的手。」她的話征服了每一個人，大家肅然無聲。

她繼續說：

「看樣子，雖然經過這一場戰亂，你哥哥還是留在這座破房子裏，沒有離開我們。我相信這孩子的話是眞的，他既沒有做夢，也沒有說謊。」

說完，她穿過院子，朝書房走，老媽子攙着她，其餘的人在兩旁跟着。

她一面走一面說：

「你哥哥留在家裏，我比較放心。自從逃難回來一直到現在，沒有聽見他的聲音，眞擔心他不知流落到那裏變成了孤魂野鬼。現在好了，你們去拿香拿紙來，今夜裏先給他燒一燒，明天再做一場法事，送他回祖宗的墓園。」

二奶奶是進士第裏年齡和輩份最長的人，她的話有相當的權威，香案馬上在梧桐樹下擺好了。她親手燒紙，喃喃祝告，然後跪下。我們，包括三先生在內，在她身後跟着跪下。

祭告完了，二奶奶回房休息，値更的去巡邏守夜，賸下我跟三先生兩個人。

「你再把剛才的情形說一遍，越詳細越好。」三先生對我說。

我從朗誦那首詩說起。

他冷靜地、仔細地聽完了我的敍述，嚴肅地問：

「你是朗誦了白居易的琵琶行？」

我說，千眞萬確。

他點點頭：「我二哥生前最喜歡這首詩，常常在書房裏高聲朗誦，念到『夜深忽夢少年事，夢啼妝淚紅闌干』，有時候會痛哭出聲。」

我愉快得要命。他到底相信我了。他找到了證據。那夜，他整夜不眠，在梧桐樹下走來走去，走到我入夢，再醒。他一定想了很多事，想怎樣來安慰他的哥哥，想一個人受盡學問的虐待還必須服從，想進士第的刼後餘燼裏可有一枚鳳凰蛋，想梧桐葉落盡後怎樣再生。他一定想到這些，一定想得更多，一定轉了許多永難猜度的念頭，發了比海還深的感慨。

一星期後，樹下來了一羣工人，動手修蓋書房。三先生說，他要一棟房子做學屋，教本族的子弟讀書。儘管科學廢除了，孔孟之道是永存的。進士作古了，二先生也作古了，眞正有學問的人離開了人間（他自己這麼說），可是他，這個後死者，手裏還握着一把種子，撒下去，老天會讓它長出來。這是一次艱難的決定，因爲進士第已無餘財，他辦的學屋又一定是免費的……。

我是把書桌搬進學屋的第一個學生。我們都很用功。三先生常常說：「你們的命苦，……你們來得太晚了。」他的意思是說，眞正的良師已不在世。我們仍然很用功，我們失學太久，太饑渴，也都熟知二先生的傳奇，覺得屋樑上有一個感傷的靈魂目不轉睛的望着下面。我們怕他，同情他，惟恐自己像他。每一個學生都在父母面前受到嚴厲的告誡：科學並沒有眞正廢除，社會上有各種名稱的新科學，也就是說，種種的挑戰和考驗，等着你我拚命。它也值得我們去拚命，否則，人生將沒有意義，我們想在樑下吊死，却沒有這樣高大幽靜的房子。

我也是第一個搬出這學屋的人。直到我離開家鄉，到大後方求學，誰也沒有再聽見鬼哭。也許二先生已經回到墓園安息，也許他從下一代找到慰藉。後來，這座空屋曾經傳出哭聲一事，就眞的變成了傳說，變成了故事。

# 拾字

那年代，不識字的人很多，我們在小學裏讀書時，就學會了站在講臺上掃除文盲。……後來，教會的宗長老來找我，他說，他決定在一個小村莊裏成立識字班，拿認字做信教的基礎。他曾經把聖經送給村人，却發現聖經的用處是放在床頭夾草紙。可憐他們不識字！他說，教那些人認字也是爲主工作。他認爲我十足勝任。

宗長老是個瘦長而精光外露的人，狹長的臉上有星星點點的白痲子，嘴唇很薄，口齒伶俐。他和當地的無神論者辯論信仰問題，薄唇翻飛，口沫四射，對方最後只有說：「好吧，算你有理。」他勸我到識字班去做小先生，指手畫脚，滔滔不絕，替我分析，替我考慮，也替我決定答允。我想來想去，想不出拒絕的理由，終於說：「好吧。」

薄唇的人多半能言善道。尤其宗長老，上唇人中兩旁有幾顆凹下去的白痲斑，顯得上唇薄到透明，靈敏過人。楊牧師的唇比宗長老厚一倍，發言之前先要蓄力提氣才張得開，好容易張大了，不久又要闔上，使人感覺到那唇的重量。有人堅持上帝也有性慾，楊牧師無可奈何，仰天長歎：「主啊，你都聽見了！」

質料薄脆的樂器震動發聲難有撼人的力量。宗長老從口中吐出來的是機智，不是誠懇。機智不如他，很容易做他語言的俘虜，可是不久就想脫逃。

我沒有逃，我在計畫脫走的時候，忽然想起有一天我坐在院子裏看書，看一本純粹消遣的閒書，一本要被大人先生沒收的書，抬頭發現一旁有個不識字的人靜靜的望我，目不轉睛，把羨慕、欽佩、敬畏，無限無量向我傾來，好像我在做天地間第一等大事。我當時非常慚愧，爲所有識字而又不肯正當使用的人慚愧，對所有把語言符號當做神聖符咒的人同情。現在我有了減輕愧疚的機會。

主說過，有兩件衣服的人，要分一件給那赤身露體的。我把一切推託之詞嚥回去，吐出：「好吧。」

識字班設在小茅屋裏，難得的是桌櫈整齊。我走馬上任這天，一個年輕的木匠正在茅屋門前做黑板。他事先做好一塊木板，再蒐集許多松烟，（要燃燒很多松枝，費好幾天時間。）最後把那些黑色粉末塗在木板上。他認眞趕工，讓我及時有黑板可用。那是一塊精心製造的黑板，給簡陋的識字班增添隆重。

學生陸陸續續坐滿了，不是梳著髻，就是甩著一條大辮子。全是女生。男人要工作，沒有功夫來「拾字」。他們跟識字叫「拾字」，字是屬於人家的，人家遺落幾個，他們小心揀來，就像在收割小麥的人後面拾穗。

年輕的木匠把黑板掛好，興奮得兩頰泛紅，一面提醒我當心弄髒衣服，一面又指著一個學生說，那是他的妻。她梳著髻，臉也紅了。記得宗長老叮囑我不要注意女生，最好到結業那天還不知道那個是出了嫁的媳婦，那個是沒有嫁的大姑娘。這似乎很難辦到，媳婦梳髻，閨女留辮子，一望而知。不過，要想辨別兩者還有什麼差異，却非易事，我在她們臉上一再考察，沒有結果。

第一課教她們認識一個字：神。我在黑板上寫字，用粉筆耕耘這一塊處女地。新黑板的表面有一層黑色的粉粒，筆畫所至，感覺到輕輕的震動，好像用觸覺去領略音樂。舊黑板寫了又擦，擦了又寫，變得灰白光滑，不再產生這樣微妙的趣味。這個「神」字我寫得很大，很端莊，無懈可擊，如有神助。

這個字，也是第一次有人寫在她們烏溜溜的眼睛裏，寫在她們潔白的記憶裏。「神，」有一個梳髻的學生問：「他是外國的神，還是中國的神？」

多麼可笑的問題，耶穌是猶太人！

「既然是外國的神，怎麼肯來救中國人？」

這一問，我笑不出來。

第二天，我教她們認識自己的姓。那年代，人特別尊重祖傳的東西，尤其是姓氏。一旦有了識字的機會，他願意馬上會讀會寫這個符號。只要認識這個字，即使僅此一字，他就覺得自己不是瞎子了。他睜開了眼，看見一星星由遠古點燃至今閃耀的亮光。

「誰會寫自己的姓？」我問。

幾隻手指著一個梳辮子的姑娘，叫「小米，小米。」她是村長的女兒，在全班之中家境最好，辮子也最黑最亮。我說：「你來，把你的姓寫在黑板上。」

經過一陣應有的遲疑，她勇敢的離開座位。從我手中接過粉筆，她有點抖。她在黑板上先畫一個十字，再向四角點上四個斜點兒。她姓米。

「這是一個很好的姓，寫出來很好看。」我自問這兩句話很穩健，同學們竟啞然失笑。我張口結舌，姓米的女孩把臉埋在臂彎兒裏。

想了一想，是「好看」兩個字出了毛病。她們以爲我稱讚寫字的人漂亮。

爲了糾正她們的印象，我說：「這個字六畫，筆畫有一定的順序，照順序寫，這個字就更好看。正確的筆順是：先寫左右兩點，再寫中間一橫，好比一個人戴上帽子；然後寫中間一直，下面兩點，好比一個人穿上衣服。」

誰料全場大笑，笑得我更窘，我立刻發覺又錯了，沒有人先戴帽子後穿衣服，穿戴的順序恰恰相反。那年代，在年輕女子面前公然提到穿衣也有失莊重，那會使她們聯想：穿衣之前呢？……幸虧在她們眼前我還是小孩子，童言無忌。她們不識字，她們的禮法觀念和羞惡之心却因此更強烈。

只好放棄彌縫，急忙進行教學。下一個學生姓蕭，這個字結構複雜，連我自己也寫不好。她寫來寫去總是缺少一筆，急得一再掉淚。

這一天，太不順利了！

我跟她們漸漸熟識了，知道誰有孩子，誰沒有。誰是童養媳，誰有一個後母。她們能夠進識字班，全靠宗長老費盡唇舌。這也許是她們一生中僅有的機會，我時時提醒自己：「你要對得起她們。」

是的，我要對得起她們，一遍一遍教她把米字寫好，一遍又一遍教她把蕭字寫得很完整。

這天，我教她們讀新約，讀到「入口的不能汚穢人，出口的才汚穢人。」拍達一聲，有個女孩拍桌子。我放下新約望她，她打死了一個蒼蠅，悄悄的送進嘴裏。

我大吃一驚，指著她叫道：「吐出來！吐出來！」她愕然，全班愕然，都對我的緊張失態覺得奇怪。我追問那個呑下蒼蠅的女孩：「爲什麼？爲什麼？」她不回答。我一直追問，我要對得起她。

木匠的妻子比較幹練，她走過來提示我：「老師，你不能問。」

爲什麼不能問？我有責任。

她笑了一笑，把細微的聲音送進我的耳朵：「她的大便不通，吃蒼蠅通便。」

「豈有此理！」這個理由使我難以接受。「爲什麼不吃藥？」

「蒼蠅也是藥，有這個偏方。」

我的悲憫油然而生。她們竟不知道蒼蠅的每一條腿上都有那麼多病菌，她們竟用痢疾來治療便秘！她們不知道通便的藥很多，而且很便宜。這天晚上，我走了七里路，買回一包一包的藥丸。第二天，每人送給她們一包藥，告訴她們正確的衛生知識。

我以爲這樣做可以對得起她們。我錯了，錯得很厲害。那時候我不知道善意不能由單方面輸出。你自以爲是的善意並不算數。

宗長老陪著華樂德牧師來看識字班。華樂德是美國人，一生在山東佈道，說一口正確的山東話。在鄉人眼中，美國人的長相跟五彩畫片上的耶穌差不多，教友見了華牧師都肅然起敬，覺得他眞正剛剛從神那兒來。他很高大，我們都得仰臉看他，他低頭彎腰走進教室，女孩子緊張得唇都白了。

米村長聞訊趕來，堅持要請華牧師吃飯，邀宗長老和我同席。他並且說，早就有意請客謝師。米村長紅潤豐碩，見了他，我才知道村長並不全是又瘦又乾的老頭兒。他草帽長衫，大方的與人握手，完全不像農人。當然，他也不像商人。他像村長，村長就是他的職業。華牧師本來無意在村中久留，可是宗長老告訴他，米村長爲人最要面子。於是他欣然同意，我們也就順理成章做了陪客。

村長家收拾得很乾淨。大門用雙扇門板，油漆發亮，有鄉村少見的氣派。門內庭院剛剛才掃過，灑掃的痕跡增添了家庭的朝氣。客廳裏貼著美麗牌香烟的廣告畫，畫中人是一個拖著辮子的大姑娘，使我想到村長的女兒。八仙桌早已擺好，厨房傳來吱吱啦啦的煎炒聲，和木柴燃燒的焦灼氣味。有幾隻蒼蠅繞著華牧師飛，據說，外國人的毛細孔裏有牛奶的腥味，容易招引蒼蠅。華牧師稱讚房子好，稱讚中國人有人情味，對蒼蠅並不在意。村長本來會抽煙，香烟土烟全抽，他知道基督教反對抽烟，就事先把烟袋烟嘴烟灰缸全收起來，自己也洗手漱口，淸除烟臭。他特地一五一十說出來，表示他接待貴客的誠意。華牧師笑了一笑，却沒有再稱讚他。

第一個菜端上來，是個冷盤，菜上面蓋著一層紫菜，不，不是紫菜，是葡萄乾；也不是葡萄乾，是鄉下特有的一種菜葉，經過煎炸。主人舉起筷子說請，客人舉起筷子等主人第一個下箸。

村長的筷子插進菜盤，轟隆一聲，滿盤蒼蠅飛散，露出肉片來。我嚇呆了，看宗長老的臉色，宗長老看華牧師的臉色。華牧師閉上眼睛，懇切的說：「主啊，保佑我們！」睜開眼，夾起一片肉，勇敢的送給嘴裏。我也在內心暗暗禱告：「主啊，保佑我們！」戰戰兢兢伸出筷子。

席散，我暗自估算這一餐飯吞下多少細菌。事後，我問宗長老：「聽說美國人最講究衛生，華牧師怎麼吃得消？」宗長老說，「這也是爲了主。如果華牧師不肯吃菜，村長全家恨死耶穌，我們再也沒有辦法救這一家的靈魂。」原來如此，難怪那天我好心好意把腸胃藥送給學生，學生的臉色都很勉強。看來我是錯了。——後來我才知道錯誤很大，比我現在想像到的更大。

把漫長的時間區分成一節課、一節課，就很容易度過，難怪教書的人不知老之將至。我的學生從不缺課，在書本之前，她們知道自己飢餓。站在這間茅屋裏，我覺得社會需要我，心靈充實，樂而忘倦。可是我自己犯下的錯誤奪走了我的快榮。

「她怎麼沒來上課？」我指著一個空位子問，那是村長的女兒，姓米的女孩。三、四個學生同時回答：她病了。「什麼病？」我又問，得到的却是沉默。那時候我完全不知道男人不可向女人問病。以爲沉默代表某種不幸，爲人師表的責任感使我追根究底。終於，一個年紀最長的小母親回答：「瀉肚子」。我立刻想起她家的蒼蠅。我想，這是進行衛生教育的機會。「得病的原因呢？」我不能不問。她直截了當的說出來：「老師每人送給我們一包藥。我們沒有吃，只有她吃下去。」原來如此！我急了：「好好的爲什麼要吃藥？」全場又歸於默然。

下課後，我跟那個小母親單獨談話，她說姓米的女孩很傻。「很傻？什麼意思？」

她說，這裏的人絕對不吃別人贈送的藥品，女人尤其不吃男人送的東西。我好心好意送藥給她們，她們當面不便拒絕，放學後都丟進路旁的河溝裏。只有她，姓米的女孩，秘密的藏起來。只有她，一丸一丸放在手心裏看，一丸一丸往嘴裏吞。

我說：「那藥是治病用的，沒病的人吃藥做什麼？」小母親輕輕的歎了一口氣：「是啊，我說她傻嘛！」

我的學生病了，做老師的應該去看看她。一個盡責的老師應該關心他的學生。我要祝福她早日恢復健康，順便也告訴她不可隨便吃藥。這是我第一次有資格照顧別人，我要使別人說：「這是一個好老師，做他的學生眞是幸運。」

我走進村長的家。一樣是兩扇油漆大門，一樣是擺了八仙桌子的客廳，不知怎麼，我覺得氣氛異樣。村長不在家，村長太太客氣的接待我，感謝我的好意，說她的女兒不好意思出來。對了，愛美的女孩都想掩飾病容，把我想說的話告訴她的母親也是一樣的。我說一句，村長太太答應一句，笑瞇瞇的看我。告辭出門，我滿身輕鬆，我完成了一次非常成功的訪問！

「小米」從此沒有來上課，她的座位一直空著。有人看見她在河邊洗衣，那麼，她已經恢復了健康。爲什麼還不來上課呢？難道逃學嗎？這樣好的機會，遇見這樣好的老師，竟然逃學！怪不得有人說她傻，她的確太不聰明了。

每天上課時，我總要朝她的座位看一眼，希望看見她又來「拾字」。這一天，宗長老突然進來，要我馬上回家。我問什麼緣故，他說，我的父親母親拜託他將我緊急召回。「那麼，誰在這兒教課呢？」他說，不管，如果找不到人接替可以停辦。識字班是宗長老苦心籌畫的得意之作，如今寧可停辦，可見事態嚴重。我只能說：「好吧。」簡單明瞭，就像我答應前來教課時一樣。

一路上，宗長老完全改變了侃侃而談的習慣，閉緊嘴唇。我問他：「我在這裏幹得怎麼樣？」他說，很好！「既然很好，爲什麼要半途而廢？」他說：「這是令堂大人的意思，她認爲你年紀太小，不宜出來教書。」這話裏面有文章，我站在田塍上追問：

「我什麼地方做錯了？」

「你沒有錯，怎麼說也不能算錯。你到米家去看過他家姑娘？」

我去過，她生病的時候。

「你買藥送給她？」

那是我看見有人吃蒼蠅的時候。

「你喜歡她？」

我喜歡我的每一個學生。

「是不是有點特別喜歡她？」

不然，我後來不喜歡她了，她不用功，她逃學。

「你這話是眞的嗎？」

當然是眞的。魔鬼才說謊。

「走吧，現在弄清楚了。」

我們邊走邊談。他說，人人會錯了意，米家認爲你特別喜歡他們女兒。米家也很喜歡你，託人到你家去做媒。家裏嚇了一跳，以爲你在外面談戀愛，你是要到大後方去的，現在不能結婚。家中一面委婉應付媒人，一面要我趕快找你回家。宗長老的意思是，拒絕了這門親事，我當然不宜再教那個識字班，即使做媒成功，準新郎也得離開準新娘居住的地方。宗長老恢復了他的談興，巧言傾瀉而下，把每一個人都形容得光明善良，每一個環節都解釋得合情合理。儘管他長於體貼人意，我仍然像受了愚弄一樣不免悻悻。——誰愚弄了我呢？我自己！

我想，回到家裏夠我受的。不料誰也沒有跟我談論這一段兒，連宗長老從此也絕口不提。不過這個笑話一定傳遍親友之間，表姐來時，當面挖苦我，弄得我十分難堪。

她不肯聽我解釋，丟給我一個紙團兒，我拾起紙團兒，打開一看，一行端正的毛筆字：「人之患在好爲人師」。筆畫輕柔，字跡秀巧，綽約間如見其人。我從來沒有注意到女人寫出來的字跟男人寫的字有這麼明顯的差別。我好像從來沒有聽見過這句話，從來不認識這幾個字，看了又看，忘記自己到底在看什麼。

235

# 神僕

回想起來，當年占領古城，自稱「大日本警備隊」隊長的那個少尉，倒也是個人才。他想突破孤立，跟地方人士增加聯繫。但是，大家躲著他，防著他，咒他罵他，誰跟他打交道，誰就被親戚朋友看不起。怎麼辦呢？他有辦法。

他的辦法是抓人。他抓升斗小民，來往商旅，青年學生，還有進城賣糧食買布匹藥品的莊稼漢。只要有一個人關進他的大牢，就會有一百個人著急。這一百個人裏面自然會有一個人出頭要求見他。

城裏有一個人，專門替那個少尉穿針引線，架起一條又一條交通管道。地方上給這個人取了一個綽號：老鼠。這個肥胖的中年人禿頭，短鬚，個子矮，走路的時候有些駝背。最奇怪的是他脚步極輕，來去無聲，在你不知不覺中突然出現，帶來陰險、卑鄙與骯髒。不錯，他是老鼠，一隻肥胖的老鼠，由內到外惹人討厭。但是，到了「萬一」的時候，你也許非常需要他，到處找他，把他當做一個救命的人。

秋盡冬來，宗長老說農閒的季節快要到了，一年一度的奮興佈道大會該籌備了。他在鄉下那座小小的臨時禮拜堂裏對我的母親說這些話的時候，我在母親身旁。宗長老還說，這一間禮拜堂太小了，容不下多少人。抗戰快點勝利吧，那時候，我們可以回到城裏去，在那座寬大的禮拜堂裏佈道。說完這幾句話，他忽然覺得有什麼地方不對，回頭一看，「老鼠」不知在什麼時候走進來，早已準備好了一付笑容掛在臉上，也早已準備好了他的寒暄客套：「快了，快勝利了，你們城裏的禮拜堂幾年沒有修理，恐怕要漏雨了。」

大家雖然討厭這個人，却不得不「請坐，喝茶。」無事不登三寶殿，大家等他開口。果然，他有消息，他說，日本警備隊抓了一個外鄉人，認爲他是重慶派來的間諜，可是那個外鄉人却說自己是一個雲遊四方沒有會派的傳道人。這裏沒有誰知道他的底細。少尉說，如果這人是抗日份子，當然該殺，如果眞是一個傳道人，當然該放。少尉希望本地教會的當家人進城，跟這個嫌疑犯仔細談談。少尉說，寺廟能夠用這種方法鑑別眞和尚、假和尚，教會也應該能夠用同樣的方法鑑別眞信徒和假信徒。

我們的目光集中在宗長老身上，他是教會中資望最高的人，他才有資格也有義務闖探虎穴。他感覺到挑戰的壓力，閉上眼睛，用「氣音」祈禱。

「如果教會置身事外呢？」他睜開眼睛問。

「少尉是一個讀過聖經的人，」老鼠說。「他知道，從前有一個國王，把先知丟進獅子坑裏，上帝封住了獅子的口，保住先知的命。他說，如果教會不敢出頭，他就把那個傳道人交給狼狗，看看上帝會不會封住狼狗的嘴。」

「我的上帝！一個人讀聖經，又不信聖經，這樣的人最可怕。」說完，宗長老又閉上眼睛。

在那個年代，有一種志願佈道的人，單人獨騎，遠走四方，隨時隨地即興傳播福音。聖經上說：先知在本鄉本土是不受尊敬的，你們要深入外邦。他們就這麼辦。聖經上說，你們口袋裏不要帶錢，也不要有兩雙鞋子。他們就這麼辦。聖經上說，人們不知道你從那兒來，也不知道你往那兒去，但是你留下了救恩。他們就這麼辦。

聖經上還說，他餓了，你們要給他吃；他渴了，你們要給他喝。你們接待他，等於接待了主。我們也都這麼辦。聽說這樣一個人蒙難了，我的母親有些激動。她說，教會應該出面救人。她以爲，上帝特別看重這個教會，才把使命交給我們。同座的教友隨聲附和：「是的！是的！」如果我們畏縮不前，讓狼狗咬死那位弟兄，我們以後怎麼再站在講壇上證道？上帝看見了我們的輭弱，將降下什麼樣的懲罰？

「是的！是的！」

宗長老睜開眼睛，非常安靜，非常沉著，他說話的神態幾乎是自言自語：

「去，當然應該。問題是我平生不會出題目爲難別人。我不知道怎樣考驗他、測驗他。上帝沒有給我這樣的才能。我剛才沒有向上帝要求別的，我只要求有人幫我出題目。」他淡淡的掃了我一眼。「像這位小兄弟，他看過聖經，他能從聖經裏找出很多難題來，連傳道多年經驗豐富的牧師都幾乎招架不住。假基督徒一定逃不過他這一關。可惜他的年紀還小，不能跟我一塊去。」

我一時摸不清楚他是捧我，還是貶我。

母親把脊梁骨一挺，問我：「你敢不敢去？」

我也把胸脯一挺，很爽快：「我敢去！」

「好，你跟宗長老一塊兒去！」

「好！」

當時，我簡直不知道自己在說什麼。我只看見別人驚疑的臉色和宗長老眼睛裏喜悅的光。好久，我清醒過來，弄清楚自己所作的承諾。我想，那一定是神的意思，神在我裏面說話。我道道地地做了神的工具。

出發之前，「老鼠」告訴我們進城的規矩：不要走得太快，也不能太慢。不要交頭接耳，不要跟熟人多談話，遇見陌生人也不要仔細看。宗長老塞給他一包錢，他的興致很高，一股腦兒告訴我們：見了日本人一定要鞠躬，而且要九十度的大鞠躬，這樣，他才不會懷疑你是學生或者大兵。見了翻譯官要送金子，翻譯官喜歡跟人家握手，利用握手的機會把金戒指按住他的手心，他最滿意。

這些規矩，看起來並不太難。宗長老拿起聖經，母親也把她手裏的袖珍聖經放在我的手裏。緊緊握住聖經，膽子大了一些。宗太太把無名指上的金戒指脫下來，塞進長老的口袋裏，看見金光閃耀，我們的膽子更大了。一切照「老鼠」的指示做：從走進城門的那一刻起，時時檢點自己的舉動，同時又裝做漫不經心的樣子。一個人用這種心情回老家，實在酸楚。

走著走著，走過那手術臺一樣乾淨的廣場，走上那青石鋪成的階級，碉樓的影子劈頭壓下來，壓得我頭皮發麻。在階下看階上，衛兵的皮靴好高好長。到階上看衛兵，五短身材，除了長筒皮靴以外所餘無多，步槍加上刺刀，比人還高出半頭。東洋兵的個子那麼矮，却喜歡用特別長的槍！我們鞠躬，屁股翹得好高。我忽然覺得好滑稽，這那兒是鞠躬，這是把屁股翹起來給他看。而衛兵的表情是很喜歡，讓我們順利跨進高高的門限。

日本警備隊徵用了古城最大的一座住宅。大門裏面是一個院子，迎面有照壁擋住視線，牆下菊花盛開。每天早晨，三十多名日兵在這裏做早操。左右兩邊有邊門通往另一進院子，「老鼠」帶我們往右走，匆匆瞥見左邊門內的長廊，廊前的井字欄杆依然無恙。右面的院子也像門外的廣場那樣乾淨，一塵不染，寸草不生。右面的房子沒有窗戶，窗子全堵死了，留下一排通風的氣孔。舊日的門也沒有了，現在鑲著鐵版，鉚釘星羅棋布。這座教人停止呼吸的房子就是日本警備隊的大牢。

在程序上，我們先拜見了翻譯官——這次屁股翹得稍低一些。他是一個完全日本化了的中國人，他身上有日本帽子，日本鬍子，中國裁縫仿製的日本軍服，日本軍需倉庫賸餘的長筒皮靴，日本大兵的皮帶和日本軍官的手套。還有，日本態度，日本目光，日本姿勢。一張口，吐出來清脆的京片子，倒把我嚇了一跳。「老鼠」居間介紹之後，他跟宗長老開始那馳名遠近的握手，很緊，也很久。然後，他把手縮回去，插進褲袋裏。他一定在褲袋裏玩弄他得到的東西。他的臉色緩和下來，看樣子，他對那東西還算滿意。

翻譯官帶著我們去找鑰匙。他親手投開門鎖，退後幾步，「老鼠」連忙上前推門。那扇鐵門好重，「老鼠」使出全力，宗長老也捲起袖子參加。一陣摩擦撞擊的響聲。這一間很大的房子，裏面沒有隔間，四壁一覽無餘。墻上，高高低低，掛著鐵環，犯人鎖在鐵環上，貼牆站立，囚犯雖然不少，屋子裏依然空蕩蕩的。有些囚犯不但被上面的鐵環鎖住了手，還被下面的鐵環鎖住了腿。

這就是令人戰慄的日本大牢。有一個傳教士跟教外人士辯論究竟有沒有地獄，他朝古城的方向指著說：「當然有地獄，日本大牢就是人間地獄。」囚犯掛在牆上，負責審訊的人在中間空地上走動，他的部下推著一個活動的工作架緊緊跟隨，架上有種種奇怪的刑具：特製的皮鞭，能揭下人的表皮。特製的鉗，可以拔掉人的指甲。特製的夾子，可以夾破人的睪丸。他願意用那件刑具就用那一件，願意逼問誰就加在誰的身上。所到之處，鬼哭神嚎。

有人受不了這樣的酷刑，掛在牆上斷了氣。有人看見別人天天熬刑，不等刑罰加在自己身上先嚇死了。我們是少尉隊長邀請的客人，我們手裏有聖經，翻譯官口袋裏有我們的金子。但是我覺得一股寒氣從脚踝上升，侵入脊椎。看那些肌肉扭曲成奇形怪狀的人，我的四肢跟著痠痛。這地方本來應該很髒，可是日本兵把它沖洗得乾乾淨淨。他們以愛好清潔聞名世界，他們却沖不掉牆上的血跡，沖不死在囚犯腿縫裏出出進進的老鼠，眞正的老鼠，滾動著寒星一樣的眼珠。這是一個沒有人間烟火的地方，這兒的老鼠吃什麼呢？——一念閃過我立刻發抖，從腿抖起。

一個魁梧的漢子，掛在較高的環上，他是我們要找的人。怪不得敵人懷疑他，他在體型上吃了虧。不知是巧合還是有意，敵人把他的兩手鎖在兩個環上，左右分開，胸膛敞露，正是釘在十字架上的姿勢。他的衣服破了，露出胸部和腿部的肌肉。他的臉腫了，眼睛擠成一條縫，只能垂著眼皮看人。我立刻聯想到教堂裏高高在上的苦像。我在地獄裏看見代死的英雄。我從來沒有像此時這樣需要上帝，相信上帝。主啊，主啊，這個名字給我支持的力量。主啊，主啊，我覺得這種呼喊比黃金，比印刷的聖經，更能控制我的心跳。

咕咚一聲，走在前面的宗長老跪下。

我早已發軟的膝蓋跟著落了地。

「主啊，感謝讚美你，這一切，你都看見了！」

宗長老禱告。牆上的大漢低低的響應：

「阿門！」

「主啊，我們相信一切都是你的旨意。死亡在你，復活也在你。恩賜在你，權柄也在你。」

我跟那大漢同時說：

「阿門！」

立刻，我不再懼怕了。我們有三個人，三個聲音交響，三顆心合爲一體，不再孤獨。聖經上說，只要有三個人同心合意的祈禱，主必在他們中間。那天，那時，我完完全全相信這句話，我覺得，我們三個人中間的方寸之地，就是一座聖潔的殿堂。

「主啊，我知道你要試煉我們。（阿門！）感謝你與我們同在。（阿門！）感謝你在我們中間。（阿門！）感謝你用火燒我們、用鐵錘打我們、鍛鍊我們、成全我們。（阿門！阿門！）……」

雖然受過許多折磨，那鎖著的人還是能夠發出清朗堅定的聲音，而且拖著充滿了情感的尾音，餘韻悠長。這簡直是奇蹟。

宗長老舉起雙臂，仰臉向上，用帶著顫抖的吶喊對上帝祈求：

「可是主啊，田裏的莊稼熟了，收割的時候到了。（阿門！）播種在你，收割也在你，讓你的工人下來吧！（阿門！）派遣你的工人去做工吧！（阿門！）求你讓我們脫離試煉，感謝主讚美主哈利路亞！（哈利路亞！）求你放下你的工人，感謝主讚美主哈利路亞！（哈利路亞！）……」

他用同樣的話向上帝反覆央告，他的聲音愈來愈激昂，在吶喊之中加入了哭泣的成分。我們的精神同樣亢奮，用同樣的哀音緊緊追隨。在這種狂熱的祈禱裏，我到達一個忘我的境界，此身飄浮，飄浮，無目的無止境的飄浮著。……

然後，他的情緒從最高點下降，聲音逐漸降低，放下手臂，垂下頭來，用近似喃喃自語的祝謝來收束。

回到現實世界，我和宗長老都出了一身熱汗。

我的使命本來是要刁難這人，刺激這人，戲弄這人，分析他到底有多少基督徒的成分。我們以爲可以在一間清靜的屋子裏對面端坐，質疑問難。我事先準備了許多刁鑽古怪的題目。我要問他：天地萬有都是上帝創造的，上帝爲什麼要創造魔鬼？我要問他：神是看不見、摸不著的，你如何證明有神？我要問他：聖父、聖子、聖靈既是三位，又如何一體？聖經教我們盡心、盡性、盡力、盡意敬愛上帝，這「心、性、力、意」有何區別？在天堂上，所有的靈魂都是上帝的兒女，都是兄弟姊妹，那麼，我是否要跟我的父親叫哥哥？這些問題，一個冒牌的傳道人絕對答不出來。除此之外，我還準備了一個下流、刻薄的題目，我想問他，馬利亞以童女的身份從聖靈懷孕，那麼，上帝也有性慾？我希望這個題目一出口，看見他從椅子上跳起來。……結果，這些題目都用不上。我把它們忘記了，拋到九霄雲外。也幸虧如此！我的動機是如此邪惡，我如果記得自己的罪，真要在人間地獄裏活活嚇死。……

少尉在他的辦公室裏接見我們。「老鼠」又叮囑一句：「不要東張西望。」我們在辦公室外停步，等翻譯官的召喚。他目送我們走進去，自己悄悄溜開。

我警告自己：不要東張西望。我一眼看見牆上掛著一幅行草，就盯住不放。上面寫的是「細雨臨風岸，危檣獨夜舟……」很雅。我不敢看少尉，眼睛的餘光恍惚看見他整潔的袖口和白皙的手。他似乎很客氣，因爲翻譯官說：「太君要你們坐下。」我想，這一場艱苦的應對由宗長老去進行，我還是少開口爲妙。我專心看牆上的字：「星垂平野闊」，寫得豪放，有幾分黃山谷。下款是日本人的名字，日本人也能寫這麼好的毛筆字，怪不得說是同文同種。我感到文化的親和力。可是，我的目光向右移了一尺，那裏赫然掛著少尉佩用的長刀。不見刀身，單看那被手掌磨潤了的刀柄，我的神經又緊張起來，不想再去看什麼「月湧大江流」。

我的目光落在翻譯官身上，他正在努力把日本話變成中國話，又把中國話變成日本話。少尉說話時，他恭恭敬敬站著聽。等少尉的話告一段落，還加上一聲「哈衣」。「哈衣」好像是一句咒語，把一個彬彬有禮的人變成狂妄傲慢，他用叱責小孩子的語氣和神情，把少尉的話譯給我們聽。少尉首先問，那個嫌疑犯到底是不是一個眞正的傳道人？宗長老肯定的說，他是。「怎麼知道他是？」宗長老一本正經的答覆：「我禱告的時候，上帝跟我交通。他給我啓示。」

「這種說法太玄了，你得給我一個實實在在的答案。」少尉好像不高興。

宗長老急忙分辯：「不玄，一點也不玄，我說的是老實話。我們傳道人跟傳道人見了面，第一件事是互相替對方禱告。只要聽聽他的禱告，只要聽他說一句阿門，說一句哈利路亞，我們就知道他裏面有沒有神、有沒有生命，誰也騙不了誰。」

聽翻譯官和善的語氣，少尉是滿意了。他說，「太君」決定放人，由宗長老具保。保結已事先準備好，上面大部份是勾勾點點的日本字，看不懂什麼意思。「蓋指紋吧」，翻譯官說。事出意外，宗長老口裏連連稱是，左手右手却不肯伸出來。

自己也知道賴不掉，只好用指尖蘸一蘸油墨，輕輕點上。翻譯官趁勢揑住他的指頭，重重的按在油墨裏，打了一個滾兒。大半個手指全黑了。再到保結書上打一個滾兒，好像手指頭剝下皮來，貼在紙上。宗長老抽回手指一臉懊喪。那年代，我們都相信蓋過指模的人一定要倒霉。

談話繼續進行。少尉的口吻還是那麼急躁，在我聽來，日本話永遠是急躁、不耐煩。可是翻譯官忠實的反映少尉的態度，他和和氣氣。他說，皇軍對教會有好感，一定保障信仰宗教的自由。皇軍認爲，教會應該結束流亡，重回原址，並且勸導本來住在城裏的信徒重整故園，安居樂業。這一番話說得和顏悅色，入情入理。

緊接著話鋒陡轉，如急雨打落秋葉，他說，如果教會不肯合作，皇軍就有理由相信，教會是一個有組織的抗日機關。教會將永遠不能回到古城，即使躲在鄉下，也有一天無法立足。

不但少尉是個人才，翻譯官也是，他連主子的人格、氣質、心態，一併傳達過來。少尉的表演有段落層次，有緩急擒縱，翻譯官依樣拷貝，絲絲入扣。……後來，我聽說人類在研究翻譯機，馬上想起這位翻譯官來。人類要到什麼時候才造得出這樣靈敏可愛的機器？

宗長老借來一輛牛車，載著那遍體鱗傷的漢子下鄉。漢子躺在車上用一頂斗笠蓋著臉。

牛車搖搖擺擺顛顛簸簸往前走，走得好慢好慢。每聽得車輪跳一下，我們的心就絞一下，惟恐那漢子的傷口疼痛難消。

大街小巷鑽出來許多人問長問短。「斷氣了沒有？」竟有說這種話的好心人。

我們輕描淡寫答理幾句，低頭趕路。

出了城，這才放下心裏的吊桶。日正中天，暖意洋洋，若不看遠山近樹褪盡了青綠，實在不覺得這是深秋。宗長老長吁一口氣：「感謝主！」

不知在這條路上往返過多少次，今天坐牛車，才覺得它好長好長。在車上搖呀晃的，不覺打起盹兒來。

車停了，反而驚醒。睜開眼，驀然看見母親，吃驚不小，母親怎麼也來了！我的四周有許多人，都是經常來參加禮拜的親戚朋友。原來我們已經回到教會了。眞是謝天謝地！

大漢還躺在車上，幾個男教友商量怎樣抬他下車。他挺身坐起，斗笠掉在地上。看樣子他還撐得住。

「謝謝各位！」他說，音量不弱。「那位弟兄原車送我一程，我要馬上離開這裏。」

「那怎麼成！」宗長老叫起來。「先把傷養好了再說。別看這個教會小，也是神的家。你住在神的家裏，神不會讓你有缺欠。」

「我不是這個意思。」

「有什麼意見，下車再說。」

幾個人擁過來攙他。進了屋子，大家觀察他的傷勢。有人主張先燒一鍋開水讓他洗澡。有人主張在洗澡水裏放什麼藥材。有人說家有祖傳的傷藥，可以拿來塗在他的臉上。

有一個男人吆喝著教他的妻子回家抓鷄，用清燉鷄湯給這個漢子補一補。人多口雜，莫衷一是。宗太太哎呀了一聲，打斷了衆人的紛紛議論。她指著那人的手。他最重的傷在手上。在大牢裏，那些人朝他的指甲縫裏扎針，一天刺一根指頭。他的十個指頭腫成一塊肉餅。

望著他的手，誰也拿不出主張來。

「先吃飯，後求醫。」宗長老作了結論。「我們把一切交給主。」

一提吃飯，教友們覺得該好好招待這個不平凡的客人，東家到菜園去挖白菜蘿蔔，西家到地窖裏提一籃地瓜。……老母鷄望著菜刀撲翅膀，豆油在熱鍋裏吱吱的叫。一陣熱騰騰香噴噴的氣味，地瓜煮熟了。

菜端上桌子，人圍著坐下。客人的手不能拿筷子，衆人公推我坐在他旁邊，把菜飯送進他的嘴裏。他老實不客氣大嚼起來。看他的吃相，他的健康還很好。

宗長老呢，他說「我最喜歡吃地瓜」，伸手抓起一個。宗太太提醒他：「別噎著啊！」

「笑話！我又不是三歲孩子！」他抗議。

那漢子又說：「吃完了這頓飯，我就上路。」

宗長老不等口中的地瓜下嚥，含糊不清的阻止。「牛車已經回城裏去了。好兄弟，聽我勸，在這裏養傷，傷好了，大概我們也該舉行奮興佈道大會了，你擔任一天的講員。」他喝一口湯，清清喉嚨。「我想過了，教會在外面長年寄人籬下也不是辦法。乾脆回到城裏去吧，佈道大會就在城裏舉行。——你看怎麼樣？」

他又咬了一大口地瓜。

大漢向我搖手，表示他吃飽了。「宗先生，我非走不可，你只要派車送我一天的路程，我就有辦法。我在這裏會連累你。不瞞你說，我不是傳道的，我是抗戰的。我到貴地來，是替國軍搜集情報。」

我一聽，儍了。宗長老的氣管裏古怪的響了一聲，頭往前伸，目瞪口呆。宗太太急忙走過去捶他的背，一面捶，一面說：

「別急，別急，慢慢的喝一口湯。你看你，不是又噎住了？簡直不如三歲的孩子！」

# 在離愁之前

經過一再設法測探，我遠走大後方的計畫有了實行的可能。我又是興奮，又是恐懼，又是懷疑，又是快樂。初次跳傘的人站在機艙門口望脚下萬畝千畝，也不過是這種滋味。

我心中塞滿了問題要問，塞滿了話要說。如果我要找一個傾吐的對象，那人當然是唐老師。唐先生是一位中醫，這裏的男女老幼都跟他叫老師，其實他沒教過誰，在學校裏教書的是唐太太。唐太太肥胖和藹，是一位充滿母性的教師，唐先生則是一位瀟洒的男士，他的頭顱特大，兩頰瘦削，骨相與衆不同。他是這一帶鄉村裏天天讀報的人，是在大城市裏見過電燈火車的人，是一個把「日本」譯成「脚盆」的人。他從異鄉來，在異鄉落戶，結交縉紳，關心民瘼，是一個廣結善緣的人。我每次見到他，總能得到一些益處。

我夜晚去看他，躲開他診病賣藥的時間。他在明亮的燭光下寫字。他也是這一帶惟一在寫字時點燭照明的人。寫字是他的嗜好，除了看病，整天臨池揮毫，沒有人打擾時寫小楷，來了普通的客人就改寫行書，一面寫字一面跟來人談話，客人一面談話一面欣賞他的書法。除了特別重要的賓客，他不離座迎送。我就是常來他家的一個普通的小客人。

唐先生在一大張宣紙上寫小字，密密麻麻的全是「愛」字，唐太太站在旁邊牽紙，兩人都全神貫注。我彷彿聽說這一對夫婦是爲了爭取婚姻自由離家出走，成爲我們這一帶地方的上賓。他們爲愛情而犧牲故鄉。這一帶的人尊敬他，並不了解他，那時候，人們總認爲了解異鄉人很難，總覺得異鄉人都有複雜的背景和含混的動機。有些人難免要說，唐先生是一位好醫生，可是這樣好的人爲什麼不留在老家？唐先生不理會外人心裏怎樣想，他天天寫他的王羲之，他的書法和他的醫道同樣知名。

我站在旁邊看字，寫這麼多的「愛」字一定要費十天半月的功夫。這些小字排列的方式奇特。不久，我發現了唐先生的企圖，他要用許多很小的「愛」字組成一個很大的「愛」字。我想，這件作品一定是爲了唐太太而創製的，他們用這樣一件密針細鏤的工藝來表示珍惜他們的愛情，他們爲愛情曾經付出重大的代價。

當時，一根白燭，照着這樣寧靜這樣和諧的畫面，把我的鼓譟翻騰的心燙平了。我羨慕他們能在憂患重重的時代挑最輕的擔子。這念頭在腦子裏閃了一下，就熄滅了，我是一個整裝待發的探險隊員，來探望剛剛退休的探險家。這探險家正在用小刀雕刻山水，玲瓏剔透，把他的實際經驗濃縮得很袖珍。

在我看夠了書法、希望他停筆的時候，他果然把筆放下了。他伸了一個懶腰，空氣立刻活潑起來。唐太太對我說：「你來了正好，唐老師正在想你！」她把那個未完成的斗大的「愛」字掛起來。

她點上油燈，收起蠟燭。

「我正在等你來。」唐先生說。他知道我的計畫。

我說：「老師，我要走了！」不由自主，聲音裏有些感傷。

唐先生和唐太太的反應却是興高采烈。他倆說，國難當頭，年輕人當然不能躲在家裏歎氣。「不要恐慌，我知道背鄉離井是什麼滋味。你是在大霧中行路，看見前面的路只有五尺，不敢邁進。其實儘管往前走，走完了五尺，前面還有五尺，……前面還有五尺。不要讓霧騙了你、嚇著你。」

「老師，我常常聽見人家說成器。到底什麼是成器呢？」這是壓在我心上的一塊石頭。

「成器就是有用，對別人有用，對社會有用。人在外鄉，成器尤其重要。你必須對別人有用。你在本鄉本土可以做無用的人，到外鄉就行不通。」

「有這麼大的差別！我這次到很遠很遠的地方去，做一個異鄉人，好像很難！」

「倒也簡單：你到那個地方，要愛那個地方。像我，我離開老家，來到這裏，我就全心全意愛這裏。記住，你住在那裏，一定要愛那裏的風土人情，尊重那裏的生活習慣。如果那裏的菜不好吃，你也要愛吃，因爲那裏的人都吃。如果那裏的水不好喝，你也要喝，因爲那裏的人都喝。你要去的地方是——？」

「皖北。」

「好。住在皖北的人跟『牛』叫『歐』，跟『客人』叫『契』，他們說『天黑了』，你聽見的是天『歇』了。『天歇了，來了一個契，牽着一條歐』，好笑嗎？不，可愛！你要從心裏覺得那地方可愛，你才會有成就。」

「如果我不喜歡那地方，怎麼能愛它？」我問。

「既然你不喜歡那地方，爲什麼要去呢？」他反問。

他打開抽屜找東西。唐太太知道他要找什麼，就從書架上替他取下一疊紅紙。他向太太會心一笑。這一對夫妻經常保持高度的默契。不管唐先生的話題有多遠，不管坐在一旁的唐太太多沉靜，你一眼看得出來兩人融和無間。

唐先生從一疊紅紙中抽出一張來，一面研究紙上的記載，一面說：

「我替你算過命。這是你的八字。你命中不守祖業，注定漂流。你走得愈遠愈好。你聽見漂流不要害怕，我就是一個漂流的人。到外面創業比牢守家園更好。只是有一點，住在自己家裏，你可以不愛你的家，無論如何家一定愛你。一旦身在異鄉，你就必須去愛別人，然後，你才有希望得到別人的認許。你是基督教徒，我不是，可是我也許比教徒更了解耶穌。耶穌爲什麼要強調愛的重要？他爲什麼主張愛人如己，甚至主張愛仇敵？因爲他事先料到他會死，他死後，門徒要離開猶太，到外面去托命寄身。只有愛，只有無限的愛，基督教才會生根長大。如果不能達到這個境界，基督教恐怕在耶穌身後就灰飛烟滅了。」

說到這裏，他想起一個故事，一個關於恨的故事。

有一個人，心裏積藏著許多仇恨。他常常希望他恨的人橫死。

他悄悄的買了一把手槍。有了槍，就更容易恨人，也恨得更有力量。他常常關起門來撫摩那隻槍，暗中計畫殺人，殺那些可恨的人。

殺人是要償命的。恨極了，倒也不怕同歸於盡。可是他恨很多人，沒有辦法把那些人一次殺光。究竟其中那一個最可恨、最該殺呢？很難決定。他只好撫摩着手槍，暗暗盤算，暗暗的恨，幻想殺死這個或殺死那個。

他恨的對象愈來愈多，報復的對象愈來愈難選擇，人生，對於他也愈來愈乏味。有一天，他愈想愈恨，忍無可忍，就下最大的決心開了一槍。

這一槍對準自己的太陽穴。他自殺了。

這個故事，聽得我毛骨悚然。

「我有嫉惡如仇的毛病。」我著急了。

「這個，從八字上也看得出來。嫉惡如仇似乎很好，但是你要當心，嫉惡如仇、可以，激惡成仇、不可以。」

「那怎麼辦？」

「要做到，一半靠命運，一半靠修養。我天天在這裏寫字，就是修養自己的心性。王羲之最能袪除我的雜念，所以我寫蘭亭。」

談到字，他和唐太太的目光同時移到墻上。唐太太起身，再點一支蠟燭，放在近牆的書架上，照亮那張宣紙。「你猜，我爲什麼要寫這一張字？」

我說，大概是爲了唐先生和唐太太的結婚紀念日。唐太太聽了，噗嗤一笑。唐先生連連擺手。「你猜錯了。你們都猜錯了。有人說我寫好了送給教會。有人說我寫了賣給外國人。有人說我寫了送給新婚的朋友。這些都不對。一個人行爲的動機，很難爲另一個人所了解。尤其是異鄉人。我寫這些字是爲了磨練自己，鼓舞自己。我很想用這張好紙寫一個很大的愛字。我一向寫小楷，字也太秀氣，寫不出氣派來。我用一個一個小字組成一個大字。我提醒自己：我們的愛心也許無限，愛人的力量畢竟有限。我們不是大聖大賢，不能博施濟衆。但是我們可以一點一滴付出愛來。點滴雖小，積小可以成大。這已經夠我們忙的了，那還有精力去嫉恨呢？」

這天晚上，我得到終生實行不完的教訓，好像承包了一樁永遠施工的大工程。

我的心好沉重好沉重。

我說，我該走了。

唐老師打開門，看見門外很黑，黑得能把燭光擋回門內。他回身取出手電筒，送我出門。

我說，學生怎麼可以勞動老師？

他說，老師不該送學生、誰該送？

他也是在鄉間惟一使用手電筒的人。他的手電筒裝用三節電池，光束的射程很遠，穿透黑暗抽打大地。

他帶著我來到一棵樹下，樹身比兩臂合圍還粗。手電筒的光束從一團黑暗中切割它，它龐大的形象儼然用黑暗雕成。他說：「這棵樹是風景，也是財產，砍倒了劈成木柴也值很多錢。可是這是一棵無主的樹，大家把當初栽樹的人忘了，栽樹的人也把這棵樹忘了。你看，這裏那裏，都有這種無主的大樹。這些樹是前人留給我們的愛心。」

黑暗像無孔不入的細砂一樣堵塞一切，隔斷一切，我和唐老師靠這惟一的亮光連在一起，有了相依爲命的感覺。這天晚上，他說的每一句話，他每一聲呼吸，我都永遠記得。我們離開那棵樹，還在繼續談那棵樹，由樹談到一個郵差，唐老師家鄉的郵差。

「……那人每天送信，有時候爲了一封信要走幾十里路。他從不覺得辛苦。他的郵袋裏除了信，還有一包花種，他隨時隨地捏一小撮種子撒下去，撒在小溪旁邊，或者撒在收信人的院子裏。他到過的地方都會長出花來。春天有春天的花，秋天有秋天的花。如果種子沒有長出來，他下次再撒。……」

路是坎坷不平，我又捨不得離開唐老師，只好任憑他再送遠一點。唐老師談話的興致很濃，他在一片荒草旁邊停步，揮動光束，像操縱一個銀色的滾筒，在野草上滾來滾去。他說：「我看中了這塊地。我想把這塊地買下來，先種莊稼，將來蓋唐家的祠堂。這個祠堂奠基的時候，第一塊石頭是從老家的祠堂裏拆下來的，我親自去拆，親自搬上汽車。我也要從老家帶一部家譜來，把這裏出生的人添上去。祖宗留給我們的不過如此！我們却要留給後代很多很多！留給他們榜樣、理想、活下去的條件和活下去的毅力。將來，五百年後，我要路上行人指著這座祠堂，稱讚姓唐的人家。他們會說，這一帶村莊的運氣眞好！姓唐的選來選去，選中了這個地方落戶。……」

這條路怎麼這樣短，我抬頭看見臥房窗子上微黃的燈火。各家的燈都熄了，只有母親留燈等我回家。

我們站住。我對唐老師深深的鞠了一個躬。

「記住，到了後方多寫信。」

說完，唐老師手裏的光柱掉轉方向。我沒有敲門，望著那道光遠去，成爲一把舞動的劍……一顆閃爍的星……直到隱沒。

我一直回味唐老師的話，忘了敲門。兩手朝空空的口袋摸索，暗暗盤算裏面能裝多少花種。

# 新版〈碎琉璃〉後記

我曾說，我們都用「殘生」寫作。我的意思是，我們把一天中最好的時光、最多的精力交給職業，任憑一些屠宰靈感湮滅創意的事務反覆消耗磨損，只能僥幸剩些氣力，花費在筆墨馳騁上。我們創作的慾望總是在壓抑之下挫折之中，每個人可以說都是懷才不遇有志未酬。那時，我們聽說世上有所謂專業作家，確曾爲之悠然神往。

民國六十五年，一九七六，我在元旦之夜作了一次深刻的反省，決心擺脫職業，專心寫作，掙開多年以來顧此失彼的矛盾，那時我對我的專業已極疲倦，而臺灣由於教育普及，文學人口急速膨脹；經濟繁榮，收入增加，買書的意願日漸增高。我曾經隨團參觀一個規模很大的成衣工廠，看見縫紉機的枱面上攤著錢穆、羅素或是沈從文，女工們在不必盯牢針線的時候，就朝書本上瞄兩行，今天的讀者儘管引車賣漿，對文學的趣味未必庸俗淺薄，書店的市場取向和作家的心靈抱負，兩者的差距日益縮小。春蠶吐絲的時節已到，雖然創作自由還不充分，我不能再等了。

一九七八年三月，〈碎琉璃〉書成。在這本書裏，我長期出入於散文小說戲劇之間兼收並蓄的表現技巧漸能得心應手。重要的是，我覺得生命的酸甜苦辣已調和成鼎鼐滋味，心如明鏡，無沾無碍的境界可望可卽。不錯，這本書以我少年時代的生活爲底本，但它不是要紀錄我自己，我的生活並無可誦可傳，只因爲我個人生活的背後有極深的蘊藏，極寬濶的幕，我想以文學方法展現背後的這些東西，爲生民立傳，爲天下國家作註，我提供一個樣本，雖不足以見花中天國，却可能現沙中世界。

〈碎琉璃〉在台北出版後，一般反應不錯，見諸文字而又爲我涉獵所及的有以下各篇：

子敏：一個感覺世界。國語日報，民國六十七年（一九七八）五月一日。

朱星鶴：琉璃易碎，藝事不朽。國魂月刊三九〇期，民國六十七年（一九七八）五月。

齊邦媛：散文的兩個世界。幼獅文藝月刊二九三期，民國六十七年（一九七八）五月。

申眞：拈出一個「感」字，〈碎琉璃〉書後。愛書人旬刊，民國六十七年（一九七八）七月一日。

黃武忠：兩道愛的光輝，朱自清「背影」與王鼎鈞「一方陽光」之比較。中華日報，民國六十七年（一九七八）七月一日。

楊光明：百萬靈魂的取樣，王鼎鈞的〈碎琉璃〉。愛書人旬刊，民國六十七年（一九七八）八月一日。

孫旗：評介王鼎鈞的〈碎琉璃〉，中華日報，民國六十七年（一九七八）七月六日。

陳克環：永恒的琉璃。中華日報，民國六十七年（一九七八）八月三日。

張默：回憶的，詩意的，生命的。淺談王鼎鈞的〈碎琉璃〉。新生報，民國六十七年（一九七八）八月六日。

宋瑞：品鑒〈碎琉璃〉，從故事看本書的結構。明道文藝第三十期，民國六十七年（一九七八）九月。

高天生：試論〈碎琉璃〉的憂患意識。明道文藝第三十期，民國六十七年（一九七八）九月。

陳連順：評王鼎鈞的〈碎琉璃〉。出版與研究月刊，民國六十八年（一九七九）一月。

亞青：〈碎琉璃〉讀後。中央日報，民國六十八年（一九七九）六月二十日。

蓮蓮：別有一番滋味在心頭，我看〈碎琉璃〉。書評月刊第八二期，民國六十九年（一九八〇）二月。

陳煌：不碎琉璃。中華日報，民國六十九年（一九八〇）十月七日。

郭明福：悲歡時代的頌歌。中華日報，民國七十一年（一九八二）四月十四日。

書評之外，〈碎琉璃〉兩次入選好書的書單：

第一次，愛書人旬刊在一九七八年廣泛發出選票，選舉「最受歡迎的十本書」，碎琉璃以第三名入選。

第二次，「出版與研究」月刊在一九七九年發出六萬份問卷，要求各界推薦好書，〈碎琉璃〉以第七名入選。

〈碎琉璃〉中的文章，經譯成英文的，有三篇：

「哭屋」，周兆祥譯，香港中文大學「譯叢」一九七七年秋季號發表。

「紅頭繩兒」，瑪伊芙譯，中國筆會會刊一九七九年秋季號發表。

「在離愁之前」，龐雯譯，中國筆會會刊一九八〇年夏季號發表。

〈碎琉璃〉中的文章，曾在各種選本中出現。蒙事先徵求同意，事後贈書存念的，有以下各種：

「中國散文展」，張力、單德興、周素鳳合編，長河出版社出版。

「中國當代散文大展」，黃進蓮編，大漢出版社出版。

「中國現代散文大系」小說卷，齊邦媛編，九歌出版公司出版。

「中國現代文學大系」散文卷，張曉風編，九歌出版公司出版。
「現代散文精品」親情卷，鄭明娳、林燿德合編，正中書局出版。
「現代散文精品」愛情卷，鄭明娳、林燿德合編，正中書局出版。
「耕雲的手」林錫嘉編，金文圖書公司出版。

多年以來，常有人問起〈碎琉璃〉有沒有續集。說起來，我當初本想用同樣的體例、同樣的風格連寫三本。豈料〈碎琉璃〉出版後不久，我就離開臺灣，遠適異國，其後天地變局層出，個人遭際也甚有拂逆迴折，心腸非故時，心聲也不似向前，以致以抗戰生活爲背景的「山裏山外」，有了「可憐無數山」的苦澀，下一本〈左心房漩渦〉，竟恍忽是「林青塞黑」的況味了。如是，〈碎琉璃〉成了我不可複製的文學夢幻。

現在，我伏案寫這篇後記，恰是〈碎琉璃〉出版滿十三周年之時。此書先是用鉛字排版打成紙型印刷，紙型用壞了，再排一次，用照相製成平版印刷。平版的效用也受折舊率支配，等到又想重排，印刷業起了變革，電腦打字排版興起，老式鉛字排版的工廠紛紛歇業或更新設備，我雖然很留戀鉛字印出來的質感，也只好捨舊逐新。電腦排版一出，畢昇發明的印刷技術完全消去了，前浪後浪，逝者如斯，〈碎琉璃〉尚能繼續出版，也算是在時間的淘洗中度過一關。因此，幫忙督印此書的明道文藝雜誌社長陳憲仁兄，以及組版校正此書的鄭彩仁、林淑如、盧先志、葉玉慧、林翠蓮等先生、小姐，就更使我銘心難忘。

當我校讀〈碎琉璃〉新版的清樣之時，故鄉已由「失去的地平線」之後冉冉昇出，故鄉由傳說變成新聞。而今，在那裏，我生命中出現過的風景人物，幾乎都不存在了，我參與過的事，也幾乎無人記省，然而陽光大地，萬古千秋，琉璃未碎。我感激這陽光之下，大地之上，產生了那麼豐富的題材，使我一生用之不竭。我相信那燦爛的陽光，芬芳的大地，必定繼續產生自然之美，人性之眞，供後來者取之不盡。但是，我希望，永遠不要再產生打砸搶殺的「革命群衆」，也永遠不再產生像我這樣少小離家，老大難歸的浪子！

附錄

# 評王鼎鈞的散文

樓肇明

余光中和王鼎鈞，他們兩人是今日臺灣散文文壇上的雙子星座，也是「五四」以後，站立在現代散文發展第二級臺階上的最重要的兩位作家，余、王二人均屬創造了散文陽剛之美的作家。倘若我們能平心靜氣地如同審視古典散文的傳統那樣，來審視現代散文的傳統，那麼，現代散文作家中究竟有幾位能像莊子、韓愈、蘇東坡那樣，擁有泰山日出、雷霆萬鈞的陽剛氣象的？臺灣散文原本承襲了周作人氏一派，周氏又承襲晚明小品遺風，畢竟有一種衰敗傾頹、夕陽歸鴉的氣象。是故，王鼎鈞和余光中在臺灣散文文壇崛起，且不論其思想傾向上還有那些毛病，他們兩人那汪洋恣肆、突兀崢嶸的想像力和排山倒海、閱兵方陣般駕馭文字的能力，將散文陽剛之美推進到了一個新的階段，是沒有理由加以拒絕的。就筆者個人的喜好來說，我更傾心王鼎鈞。余王二人，藝術風格和心理氣質上存在差異，余爲雄健豪放，王則沉鬱頓挫；余將更多的注意力投注在情感内涵及表達方式上，王則更爲關注民族審美心理、文體體式之變異，及散文容量空間的拓展上，但他們兩人可謂珠聯璧合，共同爲完成對「五四」現代散文傳統的革新，奠定了堅實穩固的基石。

粗略地講，王鼎鈞在散文審美變革中的貢獻有三：其一，王鼎鈞與陳之藩一樣，一開始就針對人自身的千古之謎：人是什麼？人從哪兒來？欲往何處去？作爲自己關注表現的核心。對人的研究，特別是從審美角度，把人放在歷史風雲激盪的漩渦裏加以表現，可謂是王鼎鈞貫串自己一生全部創作的主線，他緊緊抓住人的兩大系統：生物層次和社會層次的交匯滲透，人作爲靈與肉，精神與欲望的雙重矛盾統一體，兩者之間是互爲依存、互爲制約的。他從中剝離並有聲有色地描繪了美與醜、悲與喜錯綜複雜的圖畫。在他的筆下，我們可以看到人的「欲望」的雙重性：它一方面是發展社會物質文明的驅動力，另一方面，「欲壑難填」又造成無可估量的破壞；它既是人性的一部分，又是導致人性墮落的罪因。像王鼎鈞這樣研究人的欲望在社會過程中的美醜功罪、在道德領域中的真假善惡諸形態的作家，也許並不是罕見的，但由這一研究出發，避免任何一種政治或道德的說教，避免任何簡單結論，在現代中國的作家中則大致說是並不多見。在王鼎鈞筆下，我們看不到民族文化思維中那種價值邏輯判斷的習慣。同樣是寫青紗帳，是很有可能將男女野合的浪漫史，錯當成阿波羅或維納斯的故事。把生命中最粗糙的本能，錯位爲米開朗基羅的大衛雕像一樣來加以讚美。即使這種謳歌的理由冠冕堂皇，是爲了拯救現代人靈魂的病弱，或者，提出光明和正義還能與醜惡爲鄰的責問，豈非唱反調反到另一個極端去了。王鼎鈞自己說過「文學是文化中的一種平衡。歷史寫大人物，文學寫小人物。宣傳偏重光明面，文學要顧倒表現陰暗面，我覺得這是一種平衡。作家效法自然，而自然就是平衡的。」（見「左心房漩渦」）。其二，從美感思維的形態上看，王鼎鈞對我們民族「樂感文化」的傳統持一種自覺批判的態度，他有意識的用自己的筆，針對民族思維習慣，觸動「天人之際」、「中和之美」這一倍受稱頌的審美心理積澱。他筆下的人物、事件乃至於個我的情愫抒發，幾乎無一不具有一種拂逆傳統欣賞心理的悲劇美，無一不帶有雙重苦難的性質（時代苦難和承襲傳統文化心理墮力而帶來的苦難）。美不是苦悶和因襲的重擔，而是在這種重壓下被扭曲卻不能被摧毀、被泯滅的人性。他筆下的悲劇，總是與懲罰和毀滅的主題、美醜爲鄰的主題相縮結。但這種懲罰毀滅的主宰者不是西方文學裏至高無上的神，他也不曾從邪惡和廢墟中發掘令人戰顫的美。王鼎鈞說：由於「時代把我折疊了很久，我掙扎著打開」，因此他要從歷史「水成岩的皺摺裏想見千百年的驚濤拍岸」，就「用異鄉的眼，故鄉的心」來審視和表現一切。「用異鄉的眼」，來審視「故鄉的心」，對於作爲「故鄉的心」的民族文化性格，對於中國現代散文「內文本」的遷徙、變異，無疑是至關重要的一步。其三，王鼎鈞是文體大師，舉凡散文這一包孕極廣的體裁的各類體式，散文、小品、敘事散文、抒情散文、散文詩，他無一不能，都有開創性的建樹。臺灣評論多稱道他的國學根底之深厚，和對於現代西方文學琢磨之用心，結構與文調上的大開大闔，快速、銳利、錯落，時而空靈，時而平實，時而拙樸古雅，時而詼諧俚俗，融悲愴和幽默、繁華與枯淡爲一爐。鄭明娳和林燿德說：「王鼎鈞的經驗模式形成了他的文體，我們發現他是當代散文中最能巧用隱喻、精於意象、並能夠以最乾淨俐落的結構手法完成感性寓言的一位。」這可以說是從「樂思」出發，在「樂章」和「樂器」相統一的層次上，揭示了王鼎鈞的文體特徵。具體說來，他將小說中的人物情節結構引進敘事散文中來；用音樂家譜寫「交響樂」和「四重奏」結構樂章的辦法組織長篇抒情散文；爲了擴大散文以小見大的容量，他將一般寓意象徵、改造和擴大成世界本體的象徵，換句話說，他筆下的意象和象徵，每每有一種哲學上本體論的味道。在想像的方式上，他還是拉美魔幻現實主義輸入以前，就不時採用超現實主義手法的一位散文作家，他的抒情中常常錯雜進奇警的幻覺和錯覺，他的寓言體小品中，局部和細部是寫意的，整體和全局上又每每是寫實的。這種寫意和寫實的交融，是他開發了潛意識深度世界奇幻寶藏的一大收穫。（本文原在〈爾雅人〉發表，經作者同意轉載。）

# 關於版本說明

《碎琉璃》於民國六十七年三月初版，九歌出版社印行；民國七十一年十月，作者收回版權自印。民國九十二年六月五日起，改由爾雅出版社印行。特此說明。

# 王鼎鈞書目

| 書名 | 出版者 | 時間 |
|---|---|---|
| 1 文路 | 益智書局 | 民國五十二年五月 |
| 2 小說技巧舉隅 | 光啓出版社 | 民國五十二年六月 |
| 3 廣播寫作 | 中廣公司 | 民國五十三年三月 |
| 4 講理 | 自由青年 | 民國五十三年十月 |
| **講理** | **大地出版社** | **民國六十三年四月** |
| 5 人生觀察 | 文星書店 | 民國五十四年元月 |
| **人生觀察** | **大林書店** | **民國五十九年二月** |
| 6 長短調 | 文星書店 | 民國五十四年九月 |
| **長短調** | **大林書店** | **民國五十八年十一月** |
| 7 短篇小說透視 | 大江出版社 | 民國五十八年九月 |
| 8 文藝批評 | 廣文書局 | 民國五十八年十月 |
| 9 世事與棋 | 驚聲文物供應社 | 民國五十八年十一月 |

| | | |
|---|---|---|
| 10單身漢的體溫（白如玉） | 大林書店 | 民國五十九年三月 |
| **單身溫度** | **爾雅出版社** | **民國七十七年四月** |
| 11情人眼（情話） | 大林書店 | 民國五十九年十二月 |
| 情人眼 | 作者自印 | 民國七十九年十一月 |
| **情人眼** | **爾雅出版社** | **民國九十三年十二月** |
| 12文藝與傳播 | 三民書局 | 民國六十三年二月 |
| 13王鼎鈞自選集 | 黎明文化公司 | 民國六十四年元月 |
| 14開放的人生 | 爾雅出版社 | 民國六十四年七月 |
| 15人生試金石 | 作者自印 | 民國六十四年十二月 |
| **人生試金石** | **爾雅出版社** | **民國九十一年八月** |
| 16我們現代人 | 作者自印 | 民國六十五年十月 |
| **我們現代人** | **爾雅出版社** | **民國九十一年十一月** |
| 17碎琉璃 | 九歌出版社 | 民國六十七年三月 |
| 碎琉璃 | 作者自印 | 民國七十一年十月 |
| **碎琉璃** | **爾雅出版社** | **民國九十二年六月** |

| | | | |
|---|---|---|---|
| 18 | 靈感 | 作者自印 | 民國六十七年八月 |
| | **靈感** | **爾雅出版社** | **民國七十八年四月** |
| 19 | 文學種籽 | 明道文藝雜誌社 | 民國七十一年五月 |
| | **文學種籽** | **爾雅出版社** | **民國九十二年七月** |
| 20 | 海水天涯中國人 | 爾雅出版社 | 民國七十一年十一月 |
| 21 | 山裏山外 | 洪範書店 | 民國七十三年四月 |
| | 山裏山外 | 作者自印 | 民國八十一年五月 |
| | **山裏山外** | **爾雅出版社** | **民國九十二年十月** |
| 22 | 別是一番滋味 | 皇冠出版社 | 民國七十三年五月 |
| 23 | 看不透的城市 | 爾雅出版社 | 民國七十三年五月 |
| 24 | 作文七巧 | 作者自印 | 民國七十三年八月 |
| | **作文七巧** | **爾雅出版社** | **民國九十二年四月** |
| 25 | 意識流 | 作者自印 | 民國七十四年七月 |
| | **意識流** | **爾雅出版社** | **民國九十二年七月** |
| 26 | 作文十九問 | 作者自印 | 民國七十五年五月 |

作文十九問　爾雅出版社　民國九十三年十月
27左心房漩渦　爾雅出版社　民國七十七年五月
28兩岸書聲　爾雅出版社　民國七十九年十一月
29昨天的雲（王鼎鈞回憶錄之一）　作者自印　民國八十一年五月
昨天的雲（王鼎鈞回憶錄四部曲之一）　爾雅出版社　民國九十四年二月
30怒目少年（王鼎鈞回憶錄之二）　作者自印　民國八十四年七月
怒目少年（王鼎鈞回憶錄四部曲之二）　爾雅出版社　民國九十四年二月
31隨緣破密　爾雅出版社　民國八十六年五月
32心靈與宗教信仰　爾雅出版社　民國八十七年十一月
33有詩　爾雅出版社　民國八十八年元月
34千手捕蝶　爾雅出版社　民國八十八年元月
35活到老，眞好　爾雅出版社　民國八十八年六月
36滄海幾顆珠　爾雅出版社　民國八十九年四月
37風雨陰晴　爾雅出版社　民國八十九年七月
38關山奪路（王鼎鈞回憶錄四部曲之三）　爾雅出版社　民國九十四年五月

爾雅題字：王北岳　爾雅篆印：張慕漁

封面設計：嚴君怡

# 碎琉璃（爾雅叢書之400）

作者：王鼎鈞

校對：王鼎鈞・喬城・彭碧君

發行人：柯青華

出版・發行：爾雅出版社有限公司

臺北郵政三〇－一九〇號信箱

臺北市中正區一〇〇八二

廈門街一一三巷三十三之一號

電話：二三六五四〇三六　傳眞：二三六五七〇四七

郵政劃撥：〇一〇四九二五～一

網址：http://www.elitebooks.com.tw

法律顧問：蕭雄淋律師

臺北市師大路八十六巷十五號一樓

印刷者：崇寶彩藝印刷股份有限公司

三重市三和路四段八十九巷四號

二〇〇三（民九二）年六月五日初版・二〇〇五（民九四）年八月一日二印

行政院新聞局版臺業字第〇二六五號

定價200元（如有破損或裝訂錯誤請寄回本社更換）

ISBN 957-639-363-9

國家圖書館出版品預行編目資料

碎琉璃／王鼎鈞作 .--初版 .--臺北市：爾雅，民92

面；　公分 .--（爾雅叢書；400）

ISBN 957-639-363-9（平裝）

855　　　　　　　　92007725

# 如何購買爾雅叢書

書店實施「零庫存」，各出版社的新書又書山書海，書店無法不保證斷貨，如果在書店找不到某一本你想購買的書，還有以下方法找得到你想要的書：

❶只要記得書名和作者，向書店訂購，許多書店會給你滿意的答覆。

❷如果書店的服務人員對你說「書已斷版」或「賣完了」你可以打電話到本社：*Tel: (02)2365-4036* 或 *2367-1021* 查詢。

❸以郵購方式函購，劃撥 *0104925-1* 爾雅出版社有限公司。

❹也可在網上購書，本社網址：*http://www.elitebooks.com.tw*。

❺如果你有信用卡，以傳真方式購買，極為方便，信用卡購書單，來電索取即傳，回傳請傳至 *Fax: 2365-7047*。

❻如果一次購買五十本以上，本社請專人送到府上，且有折扣優待。

❼本社書訊「爾雅人雜誌」及書目函索即寄。

# 爾雅出版社有限公司

## 信用卡購書單

1.卡別：□聯合信用卡　□VISA 卡　□MASTER 卡　□JCB

2.卡號：________________________________

3.發卡銀行：________________簽名條末三碼________

4.信用卡有效期限：______年______月止

5.持卡人簽名：________________（與信用卡簽名一致）

6.身份證字號：______________

7.發票統一編號：____________

8.收書人姓名：______________

9.聯絡電話：(日)____________**讀友編號**：____________

10.寄書地址：□□□

________________________________________

11.購書日期______年______月______日，共計__________元

12.訂購書名：　　　　　　　（如欲掛號，請加 20 元郵資）

請填妥後傳真(02)23657047 或逕寄本社即可。